스파이 외전

스파이 외전_남조선 해방전쟁 프로젝트

펴 낸 곳 투나미스
발 행 인 유지훈
지 은 이 민경우©
프로듀서 류효재 변지원
기　　획 이연승 최지은
마 케 팅 전희정 배윤주 고은경
초판발행 2023년 11월 30일
넷째인쇄 2023년 12월 15일
주　　소 수원시 권선구 서호동로14번길 17-11
대표전화 031-244-8480 | 팩스 031-244-8480
이 메 일 ouilove2@hanmail.net
홈페이지 www.tunamis.co.kr
I S B N 979-11-90847-93-3 (03810)

* 잘못된 책은 구입처에서 바꿔 드립니다.
* 책값은 뒤표지에 있습니다.

스파이 외전

남조선 해방전쟁 프로젝트

민경우 지음

투나
미스

미리보기

주요 등장인물

박 용 일본 조총련 정치국장(범민련 공동사무국 사무부총장)

안경호 범민련 북측본부 의장이면서 통일전선부 부부장. 8명의 부부장 중 한 사람으로 북한 대남 사업 실세 중 한 사람이었다.

오종렬 전국연합 상임의장

이종린 범민련 남측본부 의장

한호석 조국통일범민족연합 재미본부 사무국장, 북미주조국통일동포회의 집행위원, 자주민주통일미주연합 부의장, 민주노동당미주후원회 대표, 6·15공동선언실천 해외측 위원회 부사무국장으로 활동한다.

장기표 1989년 전국민족민주연합 사무처장, 1990년 재야운동의 제도권 진입을 목표로 이재오, 김문수 등과 함께 민중당을 창당, 1992년 제14대 국회의원 총선거에 출마(서울 동작갑)했다가 낙선한다.

김근태 1960년대 무렵에 학생운동을 주도하여 손학규, 조영래와 함께 '서울대 운동권 3총사'로 통했다.

이재오 1990년 김문수, 장기표 등과 함께 민중당 창당에 참여, 민중당 사무총장에 선출되고 1992년 48세에 제14대 총선에서 서울 은평구 을에 출마했으나 3위로 낙선한다.

이부영 1989년에 김근태, 이재오, 장기표 등과 함께 전국민족민주운동연합을 조직하여 상임의장이 되었으나 문익환 방북 건으로 다시 체포되어 복역했다. 1990년에 3당합당에 반대한 이기택, 노무현 등이 창당한 민주당에 입당하며 정계에 입문했다.

백태웅 1984년 학도호국단 총학생장에 당선되어 학원민주화 및 사회민주화 운동을 이끌었고 학생자치조직으로서의 직선제 총학생회 건설을 주도했다. 이후 서울대 프락치 사건에 연루돼 1년간 징역을 살았으며 석방 후 서울 구로 독산 지역에서 노동운동에 참여, 1989년 박노해와 남한사회주의노동자동맹(사노맹)을 조직했다.

박노해 공개적인 노동자 정치조직 '서울노동운동연합(약칭 서노련)'을 창립하여 중앙위원으로 활동했다. 서노련이 정권의 탄압으로 와해되자 백태웅 전 서울대 총학생회장과 함께 1989년 비공개 지하조직인 '남한사회주의노동자동맹(약칭 사노맹)'을 결성했다.

황인오 전 조선노동당 중부지역당 총책

마이클 장 성대 81학번으로 82년에 미국으로 유학을 했다가 미국에서 북한에 포섭된 것으로 보인다. 89년 밀입북한 이후 3차례 방북한 것으로 되어 있다. 마이클 장이 일심회 조직에 성공한 것은 2001년 정도이다. 2001년 그는 과거 동료, 회사직원을 포섭하여 지하 간첩조직을 결성했다.

이석기 2012년 5월, 통합진보당 비례대표로 제19대 국회의원으로 당선되었으나, 통합진보당 내란음모 수사 사건으로 인해 구속 수감되었다.

강성희 72년생 외대(용인 캠퍼스) 출신으로, 20대 때부터 현대자동차 전주공장 비정규직 활동을 한 것으로 되어 있다. 경력만 봐도 경기동부의 적자라 할만한 인물이다. 아직은 지켜봐야겠지만 강성희의 당선은 경기동부 또는 주사파가 다시금 관심의 대상이 될 것임을 예고한다.

단병호 1998년 10월에는 1997년의 민주노총 총파업을 주도한 혐의 등으로 구속되었다. 징역 1년을 선고받았으나 1999년 광복절 특사로 형 집행이 정지된다. 출소 직후인 1999년 8월 29일에 민주노총 제3기 위원장에 당선되었다.

양경수 2001년 한국외대 용인캠퍼스 총학생회장이 되었다. 경기인천지역 총학생회연합(경인총련) 의장으로 활동하면서 한총련 대의원을 3년 동안 지냈으며 2021년 1월에 제10기 민주노총 위원장으로 당선, 민주노총 역사상 최초로 비정규직으로 위원장이 된 인물이다.

오길남 아내와 두 딸을 데리고 월북했다가 혼자 탈북한다. 그는 북한 정권에 가족의 송환을 거듭 요구했으나 번번이 거절당한다. 20여 년이 흐른 2011년, 북한 정권은 아내의 사망 사실과 두 딸의 거절 의사를 통보했다.

박헌영 해방 이후 북한에서 남조선노동당 부위원장, 북한 정권 부수상, 외상 등을 역임한 사회주의운동가. 1953년에 김일성에 의하여 남로당계 숙청이 감행되면서 8월 3일 체포되어 평안북도 철산군 내의 산골에 감금되어 고문을 받았다. 1955년 12월 15일 미국의 첩자·정부 전복 음모 등의 죄목으로 사형을 언도받고 처형되었다고 한다.

김정강 59년 서울대 정치과에 입학하여 좌경학생 서클인 신진회에 가입, 비밀리에 공산주의를 연구했으며 61년에는 서울대 민통련 조직의 핵심 분자로 활동했다.

김남식 1962년 12월, 공작원으로 남파된 직후 이듬해 1월 대전에서 검거되었다.

신영복 1968년 북한과 연계된 지하당 조직 통일혁명당 사건으로 무기징역을 받아 구속되었다가 전향서를 쓰고 1988년 특별 가석방으로 20년 20일만에 출소했다.

김남주 유신을 반대하는 언론인 「함성」을 발간했고 인혁당 사건, 남민전 사건으로 투옥되었으며, 민청학련 사건의 관련자로 지목되어 고초를 겪었다. 1980년 남민전 사건 조직원으로 징역 15년을 선고받고 수감되었다가 1993년 2월 문민 정부 출범 이후 대통령의 특별 지시로 석방되었다.

홍세화 서울대학교 외교학과 학사 학위 이후, 1979년 남민전 사건에 연루되어 프랑스로 망명했다가 2002년 한국으로 영구 귀국하여 언론인, 작가, 교육인 등으로 활동했다.

안재구 2013년에 국내 진보단체 등의 동향을 작성하여 대북 보고문 형태로 소지하여 국가보안법 위반 혐의로 불구속 기소 되어 서울중앙지방법원에서 징역3년 자격정지3년 집행유예 4년을 선고받았다.

리영희 1957년 『합동통신』의 외신부 기자로 언론인이 된다. 1964년 「남북한 동시 유엔 가입 검토 중」이라는 기사를 써 반공법 위반 혐의로 구속되어 2심에서 선고유예를 받았다. 1972년 한양대 교수로 임용된 이후에도 1976년과 1980년에 각각 두 차례 해직을 당했다. 첫 저서는 『전환시대의 논리』이다.

박종철 대한민국의 민주운동가, 학생운동가. 이한열과 더불어 6월 항쟁의 도화선이 된 인물이다.

문익환 1980년대 중반 재야 민주세력 결집체인 1985년 3월 29일 민주통일민중운동연합 의장으로 선출되었다. 1986년 5월 20일 서울대학교 5월제에서 연설하던 중 이동수 학생의 분신 투신으로 구속되었다가 1987년 7월 8일 형집행 정지로 출옥했다.

백인준 범민련 북측본부 의장

○ 주요 단체

한민전 북한 당국이 '한국민족민주전선'의 명의로 자칭 "서울에서 라디오 방송을 송출하고 있다"라지만 송출시설은 사실 북한 황해남도 해주시에 있었다. 방송의 전신은 '남조선해방민족민주련맹방송'과 '통일혁명당방송'이었다. 「구국의 소리」 방송은 지금의 대남방송인 「통일의 메아리」의 전신이기도 하다.

왕재산 북한 대남공작 담당인 노동당 225국의 지령을 받아 남조선혁명을 목적으로 2003년경 결성된 반국가단체이다.

자민통 자주·민주·통일의 약어로 주사파를 대중적으로 부르는 명칭

통일전선부	범민련 같은 통일운동 단체를 관장하는 노동당의 부서.
범민련	조국통일범민족연합, 1990년 문익환 목사 등 당시 여러 민주화, 통일 운동가들이 만든 단체이나 북한에서는 김일성이 세웠다고 주장하는 단체. 그러나 북한에서 미화하는 것처럼 1990년대 초반부터 조금씩 친북 성향을 보였고, 1993년 문익환 목사 지지 세력이 새로운 통일운동 단체를 만들고 나가면서 현재는 종북성향을 지닌 단체가 되었다.
중부지역당	충북, 충남, 강원 등 3개 도당 및 북한 방송을 청취해 지하 유인물을 만들어 배포하는 편집국 등으로 구성되었으며 핵심인 강원도당은 핵심 전위조직인 애국동맹 아래 8·28 학생동맹, 5·1 노동동맹, 11·11 농민동맹 등 부문별 대오를 두고 노동동맹 아래 여러 개의 '돌격 소조'와 '세포' 조직, 「구국의 소리」 방송팀 등이 있고, 산하조직으로 '95년위원회' 등이 포진하는 식의 조직체계를 갖추었다.
조총련	재일조선인 중 좌익 계열이 세운 단체. 이 단체의 구성원은 대한민국이 아닌 조선민주주의인민공화국을 조국으로 여긴다. 따라서 북한식 표기법대로 북한을 공화국, 대한민국을 남조선으로 칭하는 경우가 대부분이다. 조총련은 중국에게 우호적인 경우도 매우 많은 단체다. 북한은 조총련을 조선민주주의인민공화국 해외공민조직이라고 규정한다.
전국연합	3개 지역조직(인천·경기동부·울산) 등으로 구성된 남한 주사파 운동의 실세였다. 북한이 남한에 주사파에 대해 하고 싶은 말이 있다면 전국연합을 파트너로 삼는 것이 적합했다.

한총련 1993년 기존 전국대학생대표자협의회(전대협)을 계승하자는 취지로 전북대학교에서 창립대의원대회를 갖고 고려대학교에서 8만여 명이 모인 가운데 출범했다.

민노당 2000년 1월 30일에 창당해 2011년 12월 5일 해산된 대한민국의 진보정당. 1997년에 '민중 후보' 권영길의 15대 대선 출마를 앞두고 세워진 진보정당 '건설국민승리21'을 전신으로 하고 있다.

민혁당 '주사파의 대부'이자 강철서신으로 유명한 김영환이 1989년 2월 출소 후 가입한 반제청년동맹(반청)의 후신이다. 반청은 준비위원 하영옥, 이석기, 박금○, 김○운, 김○희 5인으로 구성되었으며 이석기는 준비위원이 그대로 중앙위원이 되는 것이 모양새가 안 좋다며 스스로 하방하고 대신 준비위원 4명에 김영환이 포함된 중앙위원으로 구성되었다.

민통련 민주통일민중운동연합, 약칭 민통련은 1985년 3월 29일 민주통일국민회의와 민중민주운동협의회가 통합하여 결성된 대한민국 시민단체이다. "운동의 통일, 통일을 바라는 민중의 뜻을 받들어 두 단체가 시대적 사명감으로 자발적으로 통합했다"고 통합선언문에서 밝히며 1980년대 중반 재야 민주세력 결집체로 등장했다. 의장은 문익환이다.

사노맹 남한사회주의노동자동맹. 사회주의 건설을 위한 계급투쟁을 선동하는 유인물, 대자보를 중심으로 하여 조직되었다. 사노맹 사건으로 백태웅은 반국가단체 구성으로 무기징역을, 은수미는 6년형을 선고받았으며 울산대학교 법학 교수인 조국은 교수로서는 처음으로 국가보안법 위반으로 구속되었다.

통합진보당 2011년부터 2014년까지 존재했던 대한민국의 진보주의 정당이다. 2014년 12월 19일 대한민국 헌법재판소가 위헌정당 해산제도를 최초로 적용하여 강제 해산되었다.

경기동부연합 대한민국의 NL 계열 운동권 정치 집단. 흔히 경기동부로도 불린다. 2014년에 해산된 통합진보당과 현재의 진보당을 실질적으로 주도하고 있다. 경기동부연합에서 이석기를 비롯한 핵심세력은 지하조직인 민혁당에서 활동하였기에 NL계열 중에서도 강한 친북적 경향을 띠는 편이다. 통합진보당 내에서 광주전남연합과 행보를 같이했기에, 광주전남연합을 포함하여 통합진보당 당권파(범경기동부연합)라고 부르기도 한다.

구국학생연맹 대한민국 최초의 자생 주사파 조직 서울 법대 82학번 김영환이 만들었고 86년 건대 사태를 계기로 깨진다. 김영환은 출소 이후 북한을 방문하고 민혁당을 만드는데 이때 민혁당의 뿌리도 구학련 또는 서울대 주사파이다.

조통그룹 연대를 기반으로 한 조통그룹은 임수경 방북을 추진했던 것으로 알려져 있다. 조통그룹이라는 명칭은 수사 과정에 편의적으로 지어진 이름이다.

남총련 1987년 전대협 결성 당시 '광주전남지역대학생대표자협의회(남대협)'으로 창설한 게 시초이며 1992년에 전대협이 한총련으로 발전적 해체하기 전 남총련으로 변경했다.

○ 주요 사건

구국전위 사건 1994년 안기부, 국군기무사령부, 경찰청 등 3개 공안기관이 합동으로 6월 14일부터 착수해 조선로동당의 남조선 지하당인 구국전위 관련자 23명을 검거하고 총책 안재구 등 관련자 23명에 대해 형법상 간첩죄, 국가보안법상 반국가단체 구성, 회합·통신, 금품수수죄 등을 적용, 구속한 사건이다.

일심회 사건 2006년 10월 서울중앙지검이 일심회라는 단체를 조선민주주의인민공화국 공작원과 접촉한 혐의로 적발한 사건이다.

통진당 해산 2013년 11월 5일 대한민국 정부가 헌법재판소에 통합진보당에 대한 정당해산심판을 청구하여 헌법재판소에서 의결된 사건을 말한다. 2013년 11월 5일 대한민국 국무회의는, 법무부가 긴급 안건으로 상정한 '위헌정당 해산심판 청구의 건'을 심의·의결했다. 정부가 위헌정당 해산제도에 따라 정당에 대한 해산심판을 청구하는 것은 헌정 사상 처음이다.

건대 사태 애학투련(애국학생투쟁연합)은 각 대학의 NL 학생회와 투쟁조직들을 다 모은 연합조직으로 86년 10월 말 건대에서 출범식을 가질 예정이었고 경찰들은 건국대를 포위하여 애학투련을 해산·와해시켰다. 이것이 유명한 건대 사태이다.

91년 5월 투쟁 대한민국을 뒤흔든 연쇄 분신 자살 사건. 1991년 4~5월 학생·노동자 8명이 연이어 분신하고 이외에도 경찰의 과잉 진압으로 3명이 사망했으며 의문사 1명, 분신 시도 후 생존자 1명, 6월 분신 자살자 2명 등의 인명 피해를 남겼다.

96년 연대사태 1996년 8월 13일부터 20일까지 한총련이 연세대학교 신촌캠퍼스 교정을 점거한 사건. 이 사건을 계기로 한국의 학생운동은 대중적 여론의 외면을 받고 사실상 몰락의 길로 접어들었다.

이석 치사 사건 1997년 6월 한양대학교 한총련 제5기 출범식장 근처를 지나가던 선반기능공 이석이 동료 학생 길소연, 권순욱, 이호준, 정용욱 등에 의해 구타당한 사건이다. 이석은 몇시간이 경과된 뒤 병원으로 옮겨졌으나 내상과 과다출혈로 이미 사망했다.

중부지역당 사건 1992년 대통령 선거를 앞두고 10월 6일 국가안전기획부가 "남로당 이후 최대 간첩단 사건"이라고 주장하며, 95여명을 간첩 혐의로 적발한 사건이다. 당시 안기부는 "남한 조선노동당" 가담자 95명을 적발해 이 가운데 조선노동당 중부지역당 총책 황인오 씨 등 62명을 구속하고 300여명을 추적 중이라고 발표했다.

민혁당 사건 1999년에 조선민주주의인민공화국의 지령을 받아 대한민국 내에서 지하 정당 활동을 하던 민족민주혁명당을 적발하여 그 구성원인 김영환, 하영옥, 이석기 등이 국가보안법 위반으로 체포되어 유죄판결을 받은 사건이다.

인혁당 사건 1960~70년대 중앙정보부가 "국가 변란을 목적으로 북한의 지령을 받는 지하조직을 결성했다"고 발표하여 다수의 혁신계 인사와 언론인·교수·학생 등이 검거된 사건. 2007년과 2008년 사법부의 재심에서 관련자 전원에게 무죄가 선고되었다.

○ 운동권·대한민국·민경우의 자취

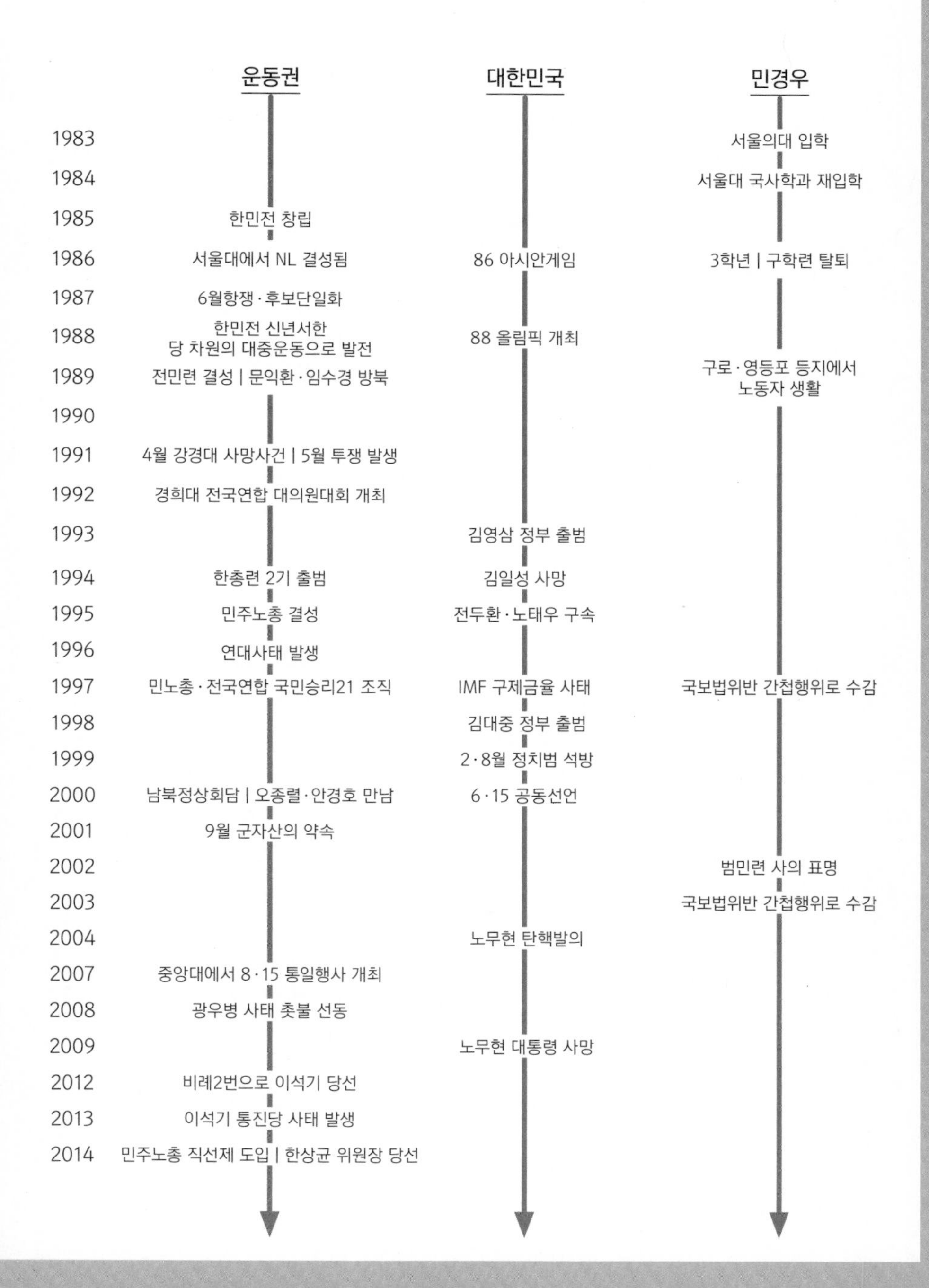

글을 시작하며

왜 책을 내는가?

한국의 민주화운동권의 중심은 4·19부터 시작된 대학생 운동이다. 한국의 산업화가 확대되면서 청년 대학생들이 비약적으로 성장했고 90년대 이후에는 각계각층으로 확산되어 2000년대 이후 약 20년간 사실상 한국 정치와 사회 곳곳을 장악하고 주도했다.

70년대 중반 대학생 사회는 저항적 민족주의와 전통 사회의 평등관, 막스·레닌주의와 마오주의 등을 결합하여 독특한 자신들만의 사상 및 세계관을 형성하고 80년대 중반에는 마침내 주체사상에 이른다.

90년대 초반 사회주의가 붕괴되면서 명료한 정치적 언어로서의 급진주의는 약화되었지만 권력의 궁극적 시원은 민중에게 있고 이들 민중이 부패한 기득권층을 몰아내야 하며 사회변화의 최종 결론은 모두가 잘 사는 평등사회여야 한다는 생각은 거의 그대로 살아남았다. 그리고 이것이 2000년대 정치변동의 핵심이었던 촛불–문재인 정권–이재명 민주당 체제로 이어진다.

이 책은 민주화운동이 했던 긍정적인 성과를 보전·계승하면서도 그것의 부정적인 후과를 시정하려는 취지에서 기획되고 집필되었다. 민주화운동은 민주화운동이라는 하나의 측면과 사회주의·주체사상에 물들었던 또 다른 측면이 쌍생아처럼 결합되어 있었다. 90년대 청년 대학생들의 사회진출이 본격화되면서 그들은 민주화운동을 과대 포장하는 대신 그와 밀접하게 결합되어 있었던 부정적인 유산들을 하나둘씩 지워가기 시작한다.

그렇게 해서 최종적으로 모습을 드러낸 민주화운동은 80년대 민주화운동의 절정기에 필자가 직접 경험했던 모습과 많이 다르다. 마치 다큐를 찍은 것처럼 사실적으로 묘사했다는 영화 1987을 보면서 내가 느꼈던 당혹감과 어색함도 그러하다. 영화는 숱한 우여곡절을 거치며 간신히 발전한 학생운동에서 몇 개의 빛나는 기억들만을 드러내 하나의 스토리로 엮었다. 나머지 흠결이 있을 법한 숱한 기록들을 기록에서 제외했다. 87년 6월 서울대 인문대 학생회장을 지냈던 나로서는 그렇게 해서 만들어진 영화가 우리의 지난 날이었다고 말할 자신이 없다.

나는 이 책에서 그것이 옳든 그르든 그것이 칭찬할만한 기억이든 부끄러운 기억이든 민주화운동의 온전한 면모를 있는 그대로 복원하고자 한다. 근 40년이 다 된 기억에서 후배들에게 전해줄만한 것을 기록한다는 태도 자체가 위선이요 기만이다. 우리가 할 일은 모든 것을 내어놓고 무엇을 기억하고 무엇을 버릴 것인가는 후대의 몫으로 남겨두어야 한다.

특히 나는 이 책에서 민주화운동이 자신을 포장하기 위해 감추었던 급진주의의 면모를 그대로 소개하려 한다. 우리는 민혁당 김영환, 중부지역당 황인오의 기록을 통해 특히 북한과 연관된 부정적인 유산에 대한 기록을 갖고 있다. 그러나 북한과 연관된 기억은 그런 수준을 한참 뛰어넘는다. 일단 여기서는 2000년대 민주노동당과 북한, 80~90년대 학생운동과 북한 사이에서 일어났던 과거를 소개할 것이다.

나와 우리는 80년대 초중반~90년대 중반 그야말로 한민전을 입에 달고 살았다. 본문에 게재된 하태경의 증언처럼 전대협 조통위가 열리면 한민전 녹취 문건을 앞에 두고 회의를 한 적도 있었다. 그러나 불과 30여 년 만에 그랬던 과거는 완벽히 사라졌다.

안희정과 김경수 및 정청래 등은 주사파의 전성기였던 80년대 후반에서 90년대 중반 학생운동을 했다. 그러나 그들의 기록에는 학생운동 경력 중 북한과 주체사상 기록은 완벽히 사라졌다. 그들뿐 아니라 운동권 출신 정치인의 학생운동 기록은 거의 100퍼센트 그렇다.

이 은폐의 끝에 전대협 1기 의장이고 반미청년회에 연루되었던 이인영이 국회 청문회에서 나는 주사파와 관련이 없다는 기이한 진술을 하고 이 진술이 별다른 파장 없이 수용되었다. 전대협 1기 의장이 주사파가 아니라면 한국에서 주사파는 아예 존재하지 않거나 일부 오타쿠들이 벌였던 이색 사조에 가까웠다고 볼 수 있다.

회고록을 왜 쓰는 것일까? 증언을 왜 하는 것인가? 유불리에 따라 과거를 취사 선택한다면 애초부터 회고록을 쓰지 않는 것이 옳다.

더욱 놀라운 것은 그들의 그러한 일탈을 당시 그들과 함께 학생운동을 했던 다수의 청년들이 묵인하고 있는 점이다. 현재는 중년이 된 운동권 출신 또는 그러한 영향을 받은 다수의 중년들은 고위급 정치인들이 자신의 학생운동 경력을 선택적으로 기록하는 것을 사실상 묵인했다.

몰라서 그런 것이 아니다. 한민전과 북한 관련 기록은 90년대 초반이 되면 운동권 핵심부 몇몇이 아니라 이른바 학생운동을 했다고 하는 다수의 활동가들 거의 모두가 공유하고 있던 일반적인 내용이었다. 따라서 그들은 몰라서 그런 것이 아니라 알면서도 과거 기록에 대한 은폐와 그로부터 발생하는 정치적 유불리에 공감했기 때문이다.

나는 그들의 그런 태도를 용인하거나 받아들일 수 없다. 그리고 그 기저에 깔린 정치적 이해에 대해 동조할 수 없다. 나는 그들이 촛불-문재인-조국-이재명으로 이어지는 심리적·역사적 공동체를 형성하고 한국 사회를 난장으로 몰아가고 있다고 생각한다. 그리고 그런 거대한 공동체를 유지하기 위해 과거를 집단 은폐하기로 무의식적으로 합의했다고 생각한다.

따라서 과거를 온전히 복원하려는 이 책의 기획은 단순히 진실을 밝히고자 하는 학술적인 차원을 넘어 은폐를 통해 정치적 이익을 챙기려는 어떤 집단에 대한 명백한 항거이다. 나는 우리의 미래가 과거에 대한 정직한 기억과 반성을 통해 성취되어야 한다고 믿는다. 나는 이 길에서 내게 주어진 역할을 할 것이다.

과거 운동을 했던 사람들은 대부분 나를 변절했다고 한다. 이 변절이라는 말속에 그들의 생각이 집약적으로 응축되어 있다. 그들은 자신들이 했던 학생운동을 20대 초중반 대학생들이 민주주의를 위해 분투했던 노력으로 보지 않고 그것을 혁명 또는 독립운동으로 본다.

민주주의의 관점에서 본다면 여야는 선거를 통해 승패가 갈리고 언제라도 정권을 주고받을 수 있는 정치적 상대방이지만 독립운동이나 혁명이라면 상황이 달라진다. 한번 동지는 영원한 동지이고 집단에서 이탈한 세력은 처단하거나 무력화해야 할 적이 된다.

80년대 중후반~90년대 초중반 청년 대학생들은 자신의 운동을 혁명·

독립운동으로 정의했다. 이는 앞에서 이야기한 민주주의의 부정적 유산이다. 그들은 민주주의와 직선제를 위해 헌신했다는 학생운동의 긍정적 유산은 챙기되 그것을 혁명·독립운동으로 터무니없이 오버했던 부정적인 유산은 숨기기로 했다.

그러나 그것은 표면적인 차원, 대외적인 측면에서만 그러했다. 그들 모두는 80년대 후반 일단의 청년 대학생들이 퀴퀴한 자취방에서 깡소주에 새우깡을 나눠 먹으며 다졌던 신념과 정서, 혁명·독립운동의 마음은 그대로 남겨두었다. 그리고 그들은 그 대오에서 이탈한 사람은 민주주의의 다양한 신념체계 중의 하나인 a에서 b로 옮겨간 사람이 아니라 민족과 조국의 운명이 백척간두에 있는 상황에서 자신의 안일을 위해 적진에 투신한 자, 변절이라 낙인찍었다.

결국 그들의 집단 은폐는 그 이후의 상황을 혁명과 항쟁으로 보려는 심리 상태와 밀접히 연관되어 있다. 어떤 면에서 집단 은폐는 87년 6월 학생들의 급진주의에 놀란 기성세대의 경계심을 완화하기 위한 기만술책이었는지도 모른다.

민주화운동을 했던 중년 세대 다수가 이런 비정상적인 심리 상태에 산다. 그들은 대외적으로는 말끔한 신사복을 입고 교양있는 언어를 구사하지만, 마음 깊은 곳에서는 여전히 1930년 만주 밀림과 1970년대 고문과 투옥을 불사하며 싸웠다는 유신시대를 산다.

그들의 옹색한 마음에서 끊임없이 친일파, 매국, 검찰독재, 탄핵과 같은 극단적인 말이 생성되고 정치적 경로를 틈만 나면 선거와 타협이 아니라 항쟁과 청산으로 몰아가는 정치적 경향성이 피어난다.

이제 우리의 민주화운동사를 다시 써야 할 때가 되었다.

6월 민주화운동 때 우리는 직선제를 요구하는 흐름과 급진주의를 주장하는 흐름이 같이 있었는데 양김씨와 국민 다수가 요구하는 직선제에 합류하면서 우리는 역사와 시대의 부름에 부응할 수 있었다. 반면 한때 우리가 갖고 있었던 주체사상과 같은 생각을 가졌던 경향을 반성하고 돌아보아야 한다. 이것이 나의 결론이다. 반면 적지 않은 사람들이 6월 민주화운동 때 이루지 못했던 혁명과 항쟁의 흐름을 되살려 세상을 근본적으로 변혁해야 한다고 주장한다.

나는 반유신, 5·18, 6월 민주화운동 모두에서 용감하게 싸웠던 대학생운동은 많은 우여곡절과 시련에도 직선제를 포함한 민주 헌정의 질서 위에서 수렴되었다고 생각한다. 반미, 주체사상, 민중항쟁과 같은 일탈들이 있었지만 이 모든 것은 민주 헌정의 너른 품 안에서 용해되어 우리는 모두 2000년대 세계 10위권 한국에서 삶을 영위하고 있다.

그러나 걸핏하면 민주주의의 궤도 위에 혁명과 항쟁, 반미와 친북을 끌어들이려는 위험한 경향이 있고 이들은 민주주의 운동의 탈을 쓰고 민주화의 역사를 교묘히 은폐함으로써 자신을 변호하려 한다.

87년 6월의 거리에서 용감히 싸웠던 나와 우리는 6월 민주화운동의 성과를 계승하며 민주 헌정을 굳건히 하려는 작업을 민주화운동의 참다운 계승자라 자부한다. 반면 호시탐탐 6월 민주화운동과 민주 헌정 사이에 연결된 튼튼한 궤도에 이색적 사조(반미·친북·혁명·항쟁)를 삽입하려는 일련의 시도를 결연히 반대한다. 장기간 민주화운동을 결연히 사수했던 학생운동의 전통을 굳건히 계승하여 나는 민주화운동의 기본기조와 노선을 훼손하려는 사이비 민주화운동가들과 맞서 싸울 것이다.

향후 계획

이 책은 향후 2~3년에 걸쳐 진행될 민주화운동 청산 시리즈의 일환이다. 나는 민주화운동이 과장·왜곡된 것에 대한 기록 중 일부를 원고지 200매 정도로 쓰고 이를 전자출판 형태로 출간한 바 있다. 앞으로 이런 작업을 일단 2024년 1년에 걸쳐 전자출판 20개 정도를 진행하려 한다. 우리의 모토는 '우리의 사전에 성역은 없다!'이다.

전자출판인 이유는 돈이 들지 않고 간편히 작업을 할 수 있기 때문이다. 원고의 완결성보다는 투쟁의 소재가 되는 것이 중요하다고 봐 속도를 중시했다. 전자출판이 일종의 원자료라면 이 작업이 이후 다큐멘터리·드라마·영화로 제작되기를 기대한다.

본 책은 전자출판한 『군자산의 약속』, 『한민전』, 『운동권 열전』 3편을 한 데 모은 것이다. 앞으로도 전자출판을 하고 이렇게 출판한 책 중에서 말이 되는 내용들을 종이책으로 출간하려 한다.

책을 간단한 소개하자면

『군자산의 약속』에서 주목할 점은 첫째, 군자산의 약속은 2000년대 초반 여러 방향에서 진행된 북한의 대남공작 중 하나라는 점이다. 군자산의 약속이 하나라면 다른 것 중 주목할 것은 한호석과 창원·제주 간첩단 사건 등이다. 창원·제주 간첩단 사건은 여러 면에서 군자산의 약속과 맥이 닿아 있다.

둘째, 민주당의 영향이다. 사람들은 주사파-경기동부라는 또라이가 있고 이석기 사태로 군자산의 약속이 끝났다고 생각하지만 나는 2000년대 민주당-주사파의 광범위한 좌경화, 결정적으로 2012년 무렵 민주당 지도부의 친 통진당(이해찬, 문재인, 한명숙 등)화와 2012년 4월 민주당-통진당의 선거연대의 흐름이다. 즉 군자산의 약속을 만들어낸 정치지형은 2013년 이석기 사태에도 불구하고 유지되고 있다는 점이다.

셋째는 통진당의 직접적 계승자, 진보당이 비정규직·호남 농민·지방 주사파를 배경으로 건재하다는 점이다.

한번은 한민전 관련 내용을 신동아에 게재한 바 있다. 그러자 몇 명이 내게 항의 전화를 했다. 한민전은 다루지 말라는 것이다. 한민전이 중요한 이유는 한민전이 언급되는 순간 학생운동의 북한 기원을 숨기기 어렵다는 점이다. 학생운동이 집중적으로 역사 속에서 은폐한 몇 가지 단어들이 있는데 그중 하나가 한민전이다. 한민전이 언급되는 순간 학생운동의 북한 영향을 방어하기 어렵다고 보고 그렇게 한 것이다.

한민전 편을 쓰면서 새삼 북한이 한국 학생운동에 미친 영향을 실감하게 된다. 북한은 한민전이라는 유령조직을 내세워 15년 정도 학생운동을 그야말로 갖고 놀았다. "그야말로 갖고 놀았다"는 표현이 세고 고통스럽기는 하지만 달리는 표현하기 어렵다.

원래 종이책 1권은 『군자산의 약속』, 『한민전』에 이어 주체사상을 다루려 했으나 『운동권 열전』으로 방향을 틀었다. 총선이 다가오기 때문에 좀더 현실감 있는 주제를 다루는 것이 좋겠다 싶었다.

그럴 거라고 예상은 했지만 상황은 예상보다 심각했다. 안희정과 김경수 및 정청래 등 주사파와 가까운 인물들은 관련된 학생운동 기록을 완벽하게 누락하고 하태경, 송영길 등 주사파와 거리가 있는 인물들은 주사파에 대해 나름 자세한 기록을 남겼다. 주사파의 전성기가 80년대 후반~90년대 중반인데 민주당 고위 정치인들 다수가 이 시기를 배경으로 학생운동을 하고 정치권에 진입했다. 그들 대부분이 그럴 것이다. 우리는 학창시절 사상·운동 경력을 집단적으로 은폐·왜곡한 정치인들이 주류인 거대 야당, 민주당을 보고 있는 것이다.

향후에도 운동권 출신 정치인들을 분석하는 작업을 꾸준히 진행할 것이다.

85년 무렵 대학은 막스·레닌주의로 물들었다. 학생들은 아무렇지 않게 화염병과 돌을 들고 전경과 맞서곤 했다. 우리는 기회 있을 때마다 무장 봉기와 혁명에 대해 떠들곤 했다. 87년 봄 6월 민주화운동이 시작되었다. 우리는 화염병과 돌을 던지는 대신 손뼉을 치고 어깨를 걸며 대중과 시민과 함께 했고 위대한 6월의 거리를 창출했다.

나는 이것이 막스·레닌주의를 넘어 한국 학생운동이 민주 헌정을 사수하는 참다운 민주주의 운동으로 승화하는 과정이었다고 생각한다. 그리고 그 연장선 하에 87년 직선제가 쟁취되었을 때 우리는 민주주의의 진정한 의미가 무엇인가를 자문하고 재무장했어야 했다. 그러나 6월의 승리 뒤에 학생운동은 또다시 주체사상과 혁명주의로 물들었다.

6월의 급진주의에 대한 반성과 회고가 없는 틈을 타 학생운동 다수는 6월에서 자신에게 유리한 것만 남기고 불리한 것은 교묘히 은폐했다. 그리고 그 은폐의 끝에 6월 어리석은 급진주의가 고스란히 살아남았다. 이 급진주의는 촛불–문재인 정권, 친일매국과 변절, 탄핵과 항쟁이라는 탈을 쓰고 지금까지 기승을 부리고 있다.

따라서 민주화의 역사를 정직하게 복원하는 것은 6월 민주화운동과 5·18 광주를 온전히 보존하는 사상투쟁이다. 5·18과 6월 민주화운동은 민주 헌정의 틀 안에서 자랑스럽게 빛나야 한다. 여기에 반미, 친북, 혁명과 항쟁이라는 불순물을 첨삭하려는 기도와 결연히 맞서야 한다.

나와 우리는 민주화운동의 참다운 계승자이며 적자이다. 함**은 자주 내게 말한다.

"너하고 나는 버티는 것이 임무이다."

나는 답한다. 윤민석의 노래처럼 "몇 마디 말 아닌 우리의 삶으로 기꺼이 보여주겠다."

2023년 11월 1일

민경우

차례

미리보기

글을 시작하며

1부 군자산의 약속

프롤로그 31

정치방침을 둘러싼 논란 42

90년대 후반 북한의 개입 56

민노당·민주노총의 장악 69

이석기와 경기동부의 몰락 78

통진당 사태 이후 92

비정규직 운동 100

에필로그 114

2부 한민전

프롤로그 127

박헌영과 남로당 133

운동의 적통은 누구인가? 144

대중노선 155

대선투쟁 167

한민전을 따르는 혁명조직 172

직선제 후 반독재투쟁 187

통일운동 198

강령 등 205

기타 깃발과 용어 210

에필로그 213

3부 운동권 열전

안희정 221

김경수 227

정청래 233

송영길 238

하태경 245

최민희 252

김부겸 257

우상호 262

정봉주 268

작가소개

1부 군자산의 약속

“

다른 모든 행사는 기억에 없다. 북한을 방문했던 사람들이 남한에 와 북한에서 있었던 일을 전하기 시작하면서 북한이 전하고자 했던 메시지가 드러났다. 언제, 어디서, 어떤 이야기를 들었는지는 기억에 없다. 뚜렷이 기억나는 것은 안경호와 오종렬이 만났고 안경호가 모종의 제안을 했다는 것이다.

프롤로그

1

2001년 9월의 어느 날 나는 산을 오르고 있었다. 정상 부근에서 막 산을 내려가려던 순간 전화가 울렸다. 일본 조총련 정치국장(범민련 공동사무국 사무부총장) 박용이었다. 박용은 10월 10일 조선노동당 55돌을 맞아 남한의 진보정당·단체를 초청할 계획이라고 전해주었다.

2000년 6월 김대중 대통령·김정일 국방위원장 사이에 정상회담이 있었다. 정상회담과 연동하여 이산가족 만남·예술단 교환사업 등이 진행되었다. 같은 맥락에서 조선노동당 55돌 행사에 남한 진보정당·단체를 북한을 방문하도록 초청한 것이다.

당시 나는 범민련 남측본부 사무처장으로 일본 조총련(범민련 공동

사무국)을 통해 북한(범민련 북측본부)과 전화로 교신하고 있었다. 당시는 남한과 북한을 연결하는 통신이 부재하거나 약했다. 반면 범민련 남측본부 사무처장이었던 나는 즉석에서 전화를 통해 일본과 교신할 수 있었다. 일본에서 북한으로 가는 통신선은 불안정하여 하루 1번 정도로 제한된 듯했다. 불법이었지만 범민련은 불법임을 감수하고 이를 강행하고 있었고 덕분에 2000년대 초반 시점에서 보면 정부보다 빠른 통신선을 갖고 있었다.

박용의 전화는 북한 정부가 남한 정부에 공식 통보하기 전에 이를 예고한 것이었다. 그만큼 중요한 의미가 있음을 암시했다. 박용과의 전화 이후 공식적인 과정을 통해 남한의 진보정당·단체 성원들이 실제로 북한을 방문했다.

2

다른 모든 행사는 기억에 없다. 북한을 방문했던 사람들이 남한에 와 북한에서 있었던 일을 전하기 시작하면서 북한이 전하고자 했던 메시지가 드러났다. 언제, 어디서, 어떤 이야기를 들었는지는 기억에 없다. 뚜렷이 기억나는 것은 안경호와 오종렬이 만났고 안경호가 모종의 제안을 했다는 것이다.

안경호는 당시 범민련 북측본부 의장이면서 통일전선부 부부장이었다. 북한 사람들은 여러 가지 직책을 가진다. 그중 중심이 되는 것은 당 직책이다. 그만큼 북한은 당이 중심인 사회이다. 따라서 안경호의 핵심 직책은 통일전선부 부부장이었다. 통일전선부는 범민련과 같은 통일운동 단체를 관장하는 노동당의 부서 중 하나였다. 안경호는 8명의 부부장 중 한 사람으로 북한 대남 사업 실세 중 한 사람이었다.

나무위키에 따르면, 안경호의 주요 경력은 "2000년 남북 정상회담 당시 조평통 서기국장 및 범민련 북측본부 부의장 등의 직함으로 동석했다. 2000년 11월, 통일전선부 부부장에 임명되었다. 2004년 12월, 6·15공동선언실천 북측 위원장을 맡았으며 2006년 6월, 6·15공동선언실천 북측 민간대표단장에도 임명되었다"고 되어 있다.

안경호의 파트너는 오종렬이었다. 오종렬은 전국연합 상임의장이었다. 90년대 주사파 운동을 상징하던 조직은 범민련과 한총련이었다. 그러나 범민련은 껍데기만 있는 상징적인 조직이었고 한총련은 주로 학생들로 구성되어 있었기 때문에 중요한 일을 도모하기에는 적절치 않았다. 반면 전국연합은 후에 자세히 말할 3개 지역조직(인천·경기동부·울산) 등으로 구성된 남한 주사파 운동의 실세였다. 북한이 남한에 주사파에 대해 하고 싶은 말이 있다면 전국연합을 파트너로 하는 것이 적합했다.

안경호·오종렬 만남의 핵심 메시지는 통일운동 대신 민주노동당에 가담해 달라는 것이었다. 본 글의 주제가 군자산의 약속이라고 한다면 약속의 핵심 메시지는 두 가지로 구성되어 있다. 하나는 통일운동 대신 민노당에 가입할 것, 다른 하나는 북한 핵·미사일이 미국을 압도하여 북한 주도의 통일을 할 수 있다는 것이다(이 책은 주로 전자만 다룬다). 이 중 안경호는 오종렬에게 집중적으로 전자를 요청하고 있었다.[1]

주 1)

다음 두 가지를 기억할 필요가 있다. 군자산의 약속은 2000년 하반기 안경호·오종렬 만남과 거기에서 파생된 2001년 하반기 군자산에서의 정치회합과 거기서 채택된 정치문서를 이르는 것이다.

안경호·오종렬 만남에서 안경호는 민주노동당에 가입할 것과, 6·15 공동위원회, 진보연대 등에 언급했던 것으로 기억난다. 너무 오래되어 정확히는 기억나지 않는다.

90년대 후반 북한은 새로운 차원에서 대남 사업을 본격화한다. 그중 하나가 군자산의 약속이고 다른 하나가 한호석을 통해 새로운 통일전략의 제기이다.

3

90년대 이래 주사파는 정치세력화를 두고 각축하고 있었다. 90년대 초중반 주사파의 정치방침은 매우 혼란스러웠다. 민혁당·중부지역당 등 당시로 보면 외부에서는 보이지 않는 지하당은 민중당 등을 통해 꾸준히 진보정당 운동을 진행하고 있었다. 그러나 다수의 주사파는 정치에 참여하는 것이 운동의 순수성을 해치는 것으로 보고 있었다. 사실 내가 어느 정도 그랬다.

90년대 중반 민주노총이 정치세력화에 나서면서 정치활동에 대한 정당성이 점차 확산되어 가는 조건에서도 주사파는 정당활동에 대한 제대로 된 입장 통일을 보고 있지 못했다.

주사파에서 북한의 지위는 불가사의한 것이다. 주사파는 북한을 단순히 통일의 파트너를 넘어 혁명의 선배 또는 기지로 보고 있었다. 따라서 북한의 조언은 단순한 조언이 아니라 일종의 교시에 가까웠다.

나는 지금도 안경호·오종렬 만남에 대해 돌아보곤 한다. 양자는 처음 만났고 특별한 조직적 관계도 없다. 그럼에도 앞서 말한 불가사의한 관계를 타고 안경호의 조언이 오종렬을 징검다리로 남한 주사파에 빠르게 파급되었다. 정당 활동을 둘러싼 논란은 삽시간에 종식되었고 불과 1년 만에 남한 주사파의 핵심 거점인 전국연합은 정당 활동으로 이동하기에 이른다.

4

2001년 9월 가을로 접어든 충북 괴산의 한적한 수련원, 나는 범민련 남측본부 의장인 이종린 선생을 모시고 행사에 참가했다. 며칠 전 전국연합 집행위원장 한**는 특별히 이종린 선생과 나를 행사에 초대했다.

우리 모두는 주사파다. 비록 전국연합과 범민련으로 소속이 달랐지만 우리는 한 몸과 같았다. 그럼에도 한**이 범민련을 초청한 이유는 90년대 주사파 운동의 역사 때문이었다.

90년대 주사파 운동의 핵심 중 하나는 범민련·한총련이 중심이 된 통일운동이었다고 볼 수 있다. 특히 96~97년 연대사태와 한총련 출범식을 계기로 주사파 운동은 결정적인 난관에 봉착했다. 범민련·한총련 중심의 통일운동에 새로운 활기를 불어넣은 것은 전국연합의 가세였다. 99년 통일행사는 서울대에서 열렸고 운동의 주도권이 범민련·한총련에서 전국연합으로 넘어가고 있었다. 그해 6명(전국연합—이성우·강형구, 범민련 남측본부—나창순·서원철, 한총련—황혜로)이 방북했는데 그중 3명이 전국연합 성원일 정도로 전국연합의 참여가 높았다.

2000년 무렵 전국연합은 내게 범민련에 가입하겠다는 의향을 밝혀 왔다. 범민련은 이적단체의 상징과도 같은 존재였다. 범민련이 주최하는 통일행사에 단순 참가하는 것과 범민련에 가입하는 것은 차원이 달랐다. 전국연합이 범민련에 가입하겠다는 것은 스스로 이적단체 성원이 되어 범민련에 대한 탄압을 함께 돌파하겠다는 의지의 표현이었다. 당시로 보면 주사파 운동의 판도를 바꿀 수 있는 민감한 제안이었다.

언제인지 정확히 기억이 나지는 않는다. 그러나 박용의 목소리만큼은 뚜렷이 기억난다. 박용이 어느 날 전화해서는 전국연합이 범민련에 가입할 계획이 있는가를 물었다. 내가 그렇다고 말하자 그는 다짜고짜 절대 그래서는 안된다고 주장하기 시작했다.

나는 박용과 수백 번 정도는 통화했을 것이다. 그는 조총련 정치국장답게 노련하고 차분한 사람이었다. 그러나 그날의 대화는 납득이 되지 않았다. 황당했던 것은 범민련 공동사무국 사무부총장이었던 그가 범민련 이외의 일인 전국연합의 문제를 거론했다는 점이었다. 그는 그만큼 다급했다. 나는 그가 윗선에서 특별한 지시를 받고 있다고 짐작했다.

돌이켜 보면 당연했다. 범민련에 대한 의리를 다하는 것은 이해가 되지만 범민련에 가입하여 범민련을 합법화시킨다는 구상은 무리한 주장이었다. 전국연합이 범민련에 가입할 경우 전국연합마저 이적 논란에 휘말려 운신의 폭이 제한될 터였다. 그런 이유로 북한은 전국연합의 범민련 가입을 막았고 박용을 통해 이를 내게 전달하려 했던 것이다.

돌이켜 보면 2000~2001년 북한의 이런 방침이 남한 주사파의 운명을 갈랐다. 남한 주사파는 범민련·한총련이 갖고 있던 이적이라는 굴레를 벗고 민노당이라는 합법적인 정치활동·대중운동의 길로 접어들 수 있었다.

5

행사는 깔끔하고 장중했다. 행사의 메인 연사는 한호석이었다. 미국에서 입국하려던 한호석은 출국이 금지되었고 이를 박**이 대신했다. 내용은 북핵·미사일이 미국을 압도하여 북한 주도의 통일이 된다는 내용이었다.

90년대 후반 이미 한호석류의 주장이 남한 주사파를 강타하고 있었다. 나도 한호석을 몇 번 만났다. 주로 통일 관련 토론회·강연회였지만 한호석은 사적인 자리에서 나를 만나고 싶어 했다. 당시는 해외입국자들이 많았는데 그들 다수가 나를 사적인 자리에서 보고 싶어 했다. 당연했다. 그들 다수가 북한과도 관련이 있었고 범민련 사무처장과 만나는 것은 나름 북한에는 중요한 정보였기 때문이다.

종로 근처 공원이었던 것으로 기억난다. 나는 한호석에게 물었다. "당신의 주장이 당신의 개인 의견인가, 아니면 북한과도 어느 정도 관련이 있는가?" 그는 정확한 답을 피했다. 그럼에도 나는 그가 북한과 어느 정도 연관이 있다고 생각했다. 물론 근거는 없다. 그냥 느낌일 뿐이다.

한호석의 글은 전통적인 북한의 주장과는 많이 달랐다. 북한의 글 대부분은 뻔한 이야기를 반복하는 경향이 있어 지루한 편이다. 그러나 한호석은 수치와 정보로 가득했고 나름 정연한 논리를 가지고 있어 인기가 있었다. 강연도 잘하는 편이었다.

한호석은 빠르게 남한 주사파를 석권했다. 아마도 북한과 관련이 있을 수 있다는 생각도 한호석이 남한 주사파를 석권하는 데 도움이 되었을 것이다.

이어 한호석을 대신한 박**의 연설에 이어 오종렬·정*의 연설이 이어졌다. 흔히 9월 테제로 알려진 10여 쪽의 문서(2)는 ***이 작성했다. 전국연합 성원 중 내가 가장 많이 대화를 나누고 나름 좋아했던 선배 중 하나이다.

주 2)

나는 한동안 정치와 운동권 이야기를 까맣게 잊고 살았다. 2019년 조국 사태를 계기로 간접적으로 다시 정치에 뛰어들었다. 사람들이 두런두런 군자산의 약속에 대해 말하며 그때 채택되었던 문서를 거론하곤 했다.

주사파나 북한 문제를 다루면서 공개된 문서를 두고 이러쿵저러쿵하는 것은 그다지 효과적인 방법이 아니다. 공개된 문서는 그냥 외피에 지나지 않기 때문이다. 군자산의 약속에서 채택된 문서를 두고 논란을 벌이는 것도 그러하다.

군자산의 약속을 관통했던 뼈대는 북한에서 안경호가 오종렬에 했던 몇 마디 조언이다. 그것으로 모든 것이 설명된다. 그 외는 대부분 이를 치장하기 위한 겉치레에 불과하다.

그는 ** 출신이었다. 한번은 그가 다리를 다쳐 그의 집에 위문을 갔다. 2000년대 초반 나는 그런 집이 있을 거라고는 생각지 못했다. 그는 50~60년대 빈민촌에나 있을법한 허름한 집에 가족과 함께 살고 있었다.

사람들은 주사파를 별종의 괴물처럼 생각하는 경향이 있다. 사상적으로는 그렇다고 생각한다. 그러나 그들의 헌신성과 결단력은 높이 평가해줄 만하다. 온갖 시련을 무릅쓰고 주사파 운동을 유지하고 성장시킬 수 있었던 것은 그들의 그런 태도 때문이다. 지금은 완전히 생각이 달라졌지만 나는 ***과의 인연을 아름답게 기억하고 있다.

깔끔한 정치연설 몇 개가 끝나고 바로 문화 행사로 이어졌다. 사람들은 대부분 행사의 중요성을 직감한 듯 긴장된 표정으로 행사에 집중했다. 옆에 계시던 이종린 선생은 "멋있네"라며 가벼운 탄성을 보냈다.

나도 그랬다. 나는 그런 자리를 유독 좋아한다. 30년 정도 되는 운동경험 중 중요한 역사적 자취를 남길 만한 중요한 정치행사에 여러 번 참여했고 나는 그럴 때마다 가슴이 터질 듯한 특별한 감정을 즐기곤 했다. 그날도 그랬다. 주사파에 대한 이러저러한 평가가 있을 수 있지만 어쨌든 그날은 그랬다.

정치방침을 둘러싼 논란

1

군자산의 약속의 첫 번째 메시지는 통일운동 대신 민노당으로 갈아타자는 것이다. 여기에는 정치방침을 둘러싼 주사파의 고민이 담겨 있었다.

87년 이전이라면 정치활동은 생각하기 어려웠다. 정부에 의해 탄압을 받을 것이기 때문이다. 87년 6월 이후 합법적인 정치활동의 일정이 올랐다.

89년 1월 전민련이 결성된다. 전민련은 당시 진보적인 운동단체의 총연합체와 같았다. 여기서 중요한 것은 전국민주연합이 아니라 전국(민족)민주연합이라는 점이다. 87년 내내 운동권은 자신들을 양김씨와 구분하려 했는데 그 징표가 민주에 민족·민중을 가미하는 것이었다.

89년 1월 출범한 전민련은 정치방침을 내는 과정에서 극심한 내홍에 직면한다. 하나는 정치활동이 필요한가이고, 다른 하나는 정치활동을 한다면 그 방향이 무엇인가 하는 점이다.

전민련에는 장기표·김근태·이재오·이부영(이른바 전민련 4인방) 등 스타 인사들이 포함되어 있었다. 이들은 합법적인 정치활동을 하고자 했고 차례로 민중당, 새정치국민회의 등에 참여하여 제도권 정치인이 된다. 문제는 이들이 정치활동을 하려는 생각을 전민련이 인정하지 않았다는 점이다. 전민련은 유력 인사들의 정치활동 참여를 열어놓으면서도 전체적으로 정치활동보다는 거리 대중운동에 방점을 둔다.

이는 당시까지 재야의 오랜 전통이었다. 당시 재야에는 독재정권하에서 대중운동을 통해 유력 인사가 된 사람들이 이후 정치권에 진출하는 것을 일종의 변절로 보는 전통이 있었다. 89~90년 전민련과, 전민련의 후신인 전국연합의 결정이 그런 것이다. 전민련과 전국연합은 자신의 입장을 분명히 하면서도 장기표·김근태 등이 정치권에 진출하는 것 자체는 막지 않았다. 일종의 타협이었다.

정치활동과 관련한 또 다른 쟁점은 정치활동 방향이다. 민중당은 양김씨와 구분되는 독자 정당을 하려던 계획인 반면, 전민련의 주력인 주사파 또는 NL은 양김 특히 DJ와 연합전선을 중심에 둔다.

후보 방침을 둘러싼 운동권의 논란은 뿌리가 깊다. 87년 하반기 운동권은 DJ에 대한 비판적 지지·후보 단일화·독자 후보 방침 등 3가지로 나눠 각축했다. 비판적 지지는 당시 전대협의 주장이었고 후보 단일화 방침은 전대협의 입장에 반대했던 서울대·연대 주사파 등이 주장했다. 이들이 주로 NL이었다면 PD는 당시 양김씨와 스스로를 구분하여 백기완 선생 지지를 선언했다.

87년의 논란은 92년에 그대로 재현되었다. 범야권이 DJ로 통일되어 있었기 때문에 비판적 지지와 후보 단일화 진영이 합쳐 범민주 단일후보 진영이 되고 PD는 다시 백기완 선생을 추대하는 독자 후보 진영을 이루었다.

92년 경희대에서 전국연합 대의원대회가 열렸다. 대의원대회에서는 대선방침을 결정하기 위해 전국에서 모였다. 87년의 논란이 주로 정치단체에서 벌어졌다면 92년의 논란은 노동·교사·농민 등 각계각층으로 파급된 상태였다.

학생운동을 마치고 청년단체에서 활동하던 나도 대의원의 한사람으로 행사에 참여했다. 나는 주사파 NL이었던 만큼 범민주 단일화 후보론을 지지했다. 다양한 사람들의 찬반 토론이 이어졌다. 기억나는 사람들이 많고 기록으로 남기고 싶은 이야기도 많지만 약하다. 우여곡절을 거친 논란과 표결 끝에 범민주 단일후보론이 승리했다.

대의원대회를 마치고 경희대 크라운관을 빠져나올 때 밤이 하얗게 샌 상태였다. 행사를 보호하기 위해 10여 명이 학생이 사수대를 서고 있었다. 사수대는 쇠파이프를 땅에 부딪히며 도열해 노래를 부르고 있었다.

"아~ 우리의 일심 단결의 대오, 그 대오 앞에서 한결같이 빛나는 우리들의 삶을 이어 이어 조국 사랑의 불길로 탄다."

왜 그랬는지는 모르지만 나는 이 날의 기억이 30년이 지난 지금도 어제 일처럼 생생하다.

2

당시 나는 대학을 졸업하고 청년단체 활동을 하던 시기였다. 우리는 전민련·전국연합으로 이어지는 이 흐름을 운동의 주류로 보고 있었다. 그러나 한민전과 북한의 메시지는 달랐다. 나는 유심히 전민련·전국연합과 북한의 입장을 비교하곤 했다.

88년 1월 한민전은 신년 서한에서 대중운동을 당 차원의 대중운동으로 발전시키자고 주장했다. 이를 받아 반미청년회는 혁신정당을 주제로 한 책을 내기도 했다. 88년 한민전 신년 서한 이후 방송에서 정당을 다룬 내용은 없었다. 전체적으로 보면 88년 정도 가볍게 언급한 후 사라진 것으로 보인다. 남한의 주사파는 정치운동을 부정적으로 보는 경향이 많은 반면 북한은 이를 중시하고 있었다.

북한의 입장을 알아볼 수 있는 또 다른 열쇠는 민혁당과 중부지역당이다. 당시는 간접적으로 아는 수준이었고 민혁당·중부지역당의 전모가 밝혀진 이후에야 북한의 입장을 정확히 알 수 있었다. 민혁당·중부지역당은 총선 출마자들에게 자금을 지원하는가 하면 민중당 등에 접근하는 과정에서 간첩 사건이 빈발하기도 했다. 특히 중부지역당 자료를 보다 보면 김일성이 진보정당을 매우 중시했다는 기록이 남아있다.

주사파를 잘 모르는 학생이나 일반인이 전민련·전국연합의 흐름을 두고 당시 북한의 입장을 오해하는 경우가 매우 많은데 바로 잡을 필요가 있다. 87년 6월항쟁 이후 북한의 기본 입장은 진보정당 강화 입장으로 볼 수 있다. 2000년 오종렬·안경호 만남도 그 연장선 하에 있었다. 북한의 입장을 오해하거나 심지어 왜곡하는 사례가

90년대 중후반 통일운동과 범민족대회와 관련한 것인데 이를 두고는 다음 지면을 기약한다.

3

95년 민주노총이 건설되면서 정치세력화 논의가 새로운 국면으로 접어든다. 민주노총은 주사파들의 논의와 무관하게 정치활동을 자연스럽게 생각하고 정치활동의 경로로 독자 정당 창당 방식을 선호했기 때문이다.

97년에는 민주노총과 전국연합이 연합하여 국민승리21을 조직하고 권영길 후보를 출마시킨다. 전국연합 3파 중 울산과 경기동부가 이에 적극적이었고 상대적으로 인천이 소극적이었던 것 같다. 이는 울산과 경기동부가 민혁당을 뿌리로 하고 있기 때문이다.[1)]

주 1)

울산연합에서는 고대 81학번 김창현이 있다. 김창현은 1995년 경상남도의회 의원 선거에 출마하여 당선되었다. 1998년 제2회 전국동시지방선거에서 무소속으로 울산광역시 동구청장 선거에 출마하여 당선되었다. 그러나 지하조직인 민족민주혁명당 영남위원회 사건으로 국가보안법을 위반함에 따라 1999년 구청장직을 상실하였다. 이후 배우자 이영순이 동구청장 재보궐선거에 출마해 당선되었다.

경기동부에서는 1964년생이고 외대용인 출신인 정형주가 있다. 정형주는 1996년 제15대 국회의원 선거에서 무소속으로 경기도 성남시 중원구 선거구에 출마하였으나 낙선했다.

98년 김대중 정부가 출범하면서 전국연합은 회오리에 직면한다. 당시 전국연합의 주류였던 386세대들이 대거 이탈하여 사실상 제도 정치권에 진입한다. 당시 전국연합 집행부 중 소수만이 남았다. 양자의 갈림은 전자는 자민통과 같은 변혁 노선을 포기하고 제도정치권으로 이동한 것이라면 남은 3인은 자민통 노선을 고수하려 했다.

87년 6월 이후 학생운동 출신들은 선택의 갈림길에 직면했다. 우리는 대부분 87년 6월을 혁명의 관점에서 보고 있었다. 6월 민주화운동은 직선제를 쟁취했으므로 87년 6월 이후에도 우리는 혁명의 관점에서 가던 길을 계속 가야 했다. 혁명의 기본은 지하당이었던 만큼 87년 6월에도 혁명을 지속하려던 시도들이 이어진다. 주사파는 민혁당·중부지역당, 다른 정파는 사노맹·인민노련(인천부천민주노동자연맹) 등의 시도가 있었다.

이러한 시도는 대부분 실패로 돌아갔다. 그들이 추구했던 것이 혁명이었던 만큼 학생 시절과는 달리 상당한 처벌을 받았다. 사노맹의 백태웅·박노해, 중부지역당의 황인오 등 사형·무기 등의 중형을 받았다. 98년 김대중 정부가 들어서고 김대중 정부는 98년 8월, 99년 2월, 99년 8월에 걸쳐 당시 정치범을 그야말로 모두 석방한다.

87년 6월 이후 지하혁명운동을 지속하려던 사람들은 '1그룹'이라 할 수 있다. 1그룹의 또 다른 버전이 노동현장 등에 투신하는 경우이다. 이들이 노동운동에 투신한 이유도 내용적으로는 혁명을 위함이었다. 실로 엄청난 규모의 학생들이 노동운동에 투신했다.

필자는 89~91년 정도 구로·영등포 등지에서 노동자 생활을 했다. 제대로 적응을 하지 못해 부끄러운 기억에 해당하지만 나름 독특한 경험을 하기도 했다. 지금의 독산동 우시장 근처에 조그만 마찌꼬바에 다닐 때였다. 많아야 전체 직원이 10여 명에 불과한데 학생운동권 출신으로 보이는 청년노동자만 3~4명에 달했다. 그만큼 공장지대에 학생운동 출신 노동자들이 많았다. 90년대 중반이 되면서 혁명의 시대가 아님이 확인되었고 노동현장에 있었던 학출들이 썰물처럼 빠져나왔다.

87년 6월 이후에도 운동을 지속하는 또 다른 현장은 일종의 재야였다. 다양한 대중단체·시민단체들이 봇물 터지듯 조직되기 시작했고 여기에는 헌신과 열정을 가진 많은 청년활동가를 필요로 했다. 그중에서 전민련과 전국연합은 학생운동 활동가들이 가장 선호하는 무대였다.

90년대 초반 나름대로 지명도 있는 학생운동 출신들이 전민련·전국연합에 있었다. 그중 기억나는 인물이 이인영·우상호·기동민 등이다. 이들 또한 90년대 초중반 혁명의 시대가 착각임을 느끼고 있었다. 97년 대선에서 김대중 후보가 승리한 것은 결정적인 포인트였다. 97년 김대중 당선을 계기로 기존 운동권 문맥에서 벗어나 제도정치권 경로로 갈아타기 시작한다.

이 세 번째 사조가 현재 민주당 운동권 정치인의 뿌리이다. 이들이 04년 노무현 탄핵, 09년 노무현 대통령 사망 등을 배경으로 진보우위의 정치지형이 열린 것을 배경으로 20년 이상을 정치의 주역으로 떠오른 것이다.

나는 이런 흐름을 개량주의 사조로 보고 있었다. 변절이라고 보는 사람도 적지 않았지만 나는 그렇게까지 보지는 않았던 것 같다. 개량주의란 정치노선의 문제라면 변절이라는 인간성까지 무너진 것인데 나는 그랬다고 보지는 않는다.

386 주류 집단이 제도권으로 이동하자 주로 기층에 있던 전국연합 3파가 광주의 오종렬 선생을 의장으로 세우고 전투적인 전국연합 신집행부를 세운다. 전국연합 신집행부는 범민련과 적극적으로 연대하고 범민족대회에도 적극적으로 참가하기 시작했고 사실상 당시 통일운동을 내용적으로 주도했다.

반면, 정당운동에서는 노선 통일을 보지 못했던 것 같다. 전국연합 3파 중 경기동부·울산은 정당운동에 적극적인 반면 인천은 부정적이었던 것 같다(적당히 주워듣거나 넘겨짚은 것임). 범민련과 전국연합은 같은 사무실을 썼는데 나는 전국연합 선배·동료 등이 정당 문제를 가지고 언쟁하던 장면이 기억난다.

이를 정리했던 것이 안경호·오종렬 만남인 셈이다. 주사파의 마음의 고향이 북한인 만큼 북한에서 정리하면 주사파 전체가 입장 통일을 보는 식이다. 이건 주사파의 말할 수 없는 장점이자 약점이었다. PD는 자기 머리로 무언가를 정리해야 했기에 입장을 내는 것도 어렵고 입장 통일 과정에서 너무나 많은 에너지를 사용한다면 주사파는 그 과정을 북한에서 처리하고 있는 노선 통일이 매우 쉬웠다.

PD는 NL을 우습게 보는 경향이 있지만 NL과 PD 모두 당시로 보면 30~40대의 청년들이었다. 반면 북한은 오랜 기간의 사회주의 운동의 혁명 전통과 경험 그리고 인프라를 국가적 차원에서 수렴하고 있었다. 애초부터 비교가 되지 않았다.

나는 근 30년간을 주사파·NL로 살았다. 주사파의 역사를 거시적인 차원에서 조망하면서 느끼는 소감이 있다.

결국, 주사파는 북한의 그늘을 벗어날 수 없구나 ….

전대협이 그랬고 민노당이 그러했다. 물론 내가 참여했던 범민련은 대놓고 그러했다.

4

'던바의 숫자'라는 것이 있다. 원시 사회에서 인간은 뇌 용량의 한계로 150명 정도와 교류할 수 있다는 것이다. 『사피엔스』와 『호모 데우스』로 유명한 유발 하라리Yuval Noah Harari는 종교를 예로 들면서 신과 같은 가상의 존재를 내세우면 인간의 경험을 넘어 인종과 지역을 초월하여 하나의 신 아래 결집할 수 있다고 주장한다.

유발 하라리의 주장은 80~90년대 주사파의 실상과도 잘 들어맞는다. PD와 달리 전대협·한총련 등이 상당 규모의 학생들을 일사불란하게 동원할 수 있었던 것은 그들 모두가 북한이라는 존재에 의존하고 있었기 때문이다. 북한을 믿고 따른다는 전통이 내부의 분란을 극복하고 하나로 결집할 수 있었던 강력한 동인이다. 군자산의 약속은 남한 주사파 운동의 그런 특징을 잘 보여주는 결정적인 사례라 할 만하다.

87년 6월항쟁 당시 운동권 대부분은 거리에 있었다. 2000년 안경호·오종렬 만남을 계기로 운동권의 중심은 제도권 정당으로 이동한다. 아래 도표는 그 과정을 다시 정리한 것이다. 이 과정을 세세히 기억할 필요는 없을 것 같다. 중요한 것은 입구와 출구이다. 주사파의 관점에서 보면 87년의 입구는 거리항쟁이고 2000년 무렵의 출구는 민주노동당이다.

현장에 있었던 내가 보기에는 고통스럽고 지루한 과정이었지만 긴 역사적 궤적에서 보면 불과 10년 사이에 일어난 경이적인 변신이었다. 이 변신을 가능케 했던 것이 다름 아닌 안경호·오종렬 만남과 거기서 비롯된 북한의 메시지였다. 2001년 9월에 있었던 군자산의 약속은 그것을 추인한 것에 가깝다.

이 책의 핵심적인 문제의식은 역사 기록의 정직함이다. 그런 면에서 군자산의 약속을 계기로 주사파가 민주노동당에 참여하기 시작했다는 주장은 정확하지 않다. 그것은 마치 전국연합 3파가 나름의 논의와 토론을 거쳐 그런 결정을 한 것처럼 비치기 때문이다.

90년대 후반 전국연합 3파는 정치진출과 관련해서 복잡한 논쟁을 벌이고 있었고 그냥 두었다면 아마도 상당한 진통을 수반하며 좌초되거나 상당한 시간을 그냥 흘려보냈을 것이다. 지난한 논쟁에 결정적인 종지부를 찍은 계기는 안경호·오종렬 만남에서 북한의 의도가 정확히 확인되었기 때문이다.

- 비판적지지(DJ 지지)- 전대협·민통련 등 운동권 주류
- 후보단일화(YS·DJ 단일화)-서울대·연대 등 주사파 일부
- 독자후보(백기완 지지)-PD 등

88~90년대 중반

- 전민련-전국연합 / 정치권 진출에 부정적 / 92년 범민주단일후보, DJ-전국연합 정책연합을 통해 DJ 지지 / 운동권 주류였던 주사파 대다수는 정치에 미온적, 대중투쟁 중심

- 장기표·이재오·김근태 등 유력 인사를 중심으로 정치권 진출 / 민중당·새정치국민회의 등

- 당시 지하에 있던 민혁당·중부지역당은 민중당 등 진보정당에 관심을 둠

90년대 후반

- 민주노총을 중심으로 진보정당이 일정에 오름 / 97년 민주노총 위원장 권영길 출마(국민승리21) / 여기에 민혁당을 뿌리로 한 경기동부·울산파 가세, 인천은 소극적

- 98년 DJ정부가 출범하자 전국연합의 386 운동권 대거 민주당으로 이탈, 전국연합 사실상 와해, 전국연합 3파를 중심으로 전국연합 재건

- 2000년 1월 민주노동당 창당, 이 당시 주사파는 입장 정리가 진행되지 않은 상태, 2000년 10월 안경호·오종렬 만남을 통해 주사파 입장 정리

참고로 남한 정치에 대한 북한의 입장을 간략히 소개한다.

- 87년 대선에서는 단결의 입장에서 후보단일화의 입장에 가까웠다.

- 88년 1월 한민전 신년 서한에서 혁신정당 문제를 거론하나 그 이후 방송에서는 혁신정당 문제가 없다. 단 민중당·민혁당 등 지하당에서는 진보(혁신정당) 문제를 중시한다.

- 97년 대선에서 3김 청산·김영삼 정권 조기 타도를 주장하는데(이에 대해서는 한민전 편에서 상술한다)

- 98~2000년까지 김대중 정권타도였고 2000년 6·15 공동선언 이후 반보수우익으로 변화한다. 한편 군자산의 약속으로 민노당을 중심에 두고 민주당 계열·보수정당 계열 모두를 친미보수라 본다.

- 진보정당에서는 정의당을 약화시키고 민노당 라인 강화가 기본이었다.

90년대 후반 북한의 개입

1

주사파는 여러 개의 파벌이 있다. 군자산의 약속의 주역인 전국연합 3파를 비롯하여 여러 개의 그룹으로 나뉘어 있다. 군자산의 약속 이후에도 주사파 내부의 정리가 만만치 않았다. 다음에서는 그 과정을 소개한다.

2

먼저 기억에 남는 것은 인터넷 공간의 논쟁이다. 과거에는 자신의 주장을 팸플릿이라는 형태로 개진했지만, 인터넷이 발달하면서 이를 통한 논쟁이 활성화되었다. 이 중 가장 유명했던 논쟁이 김철수·최성혁 논쟁이다. 정확히는 기억이 나지 않는다. 20년 이상 전에 인터넷에서 벌어졌던 논쟁을 정확히 복원할 방법이 없어 기억에 의존한다.

김철수는 남한 내부의 혁명 역량을 강조하고 이를 통해 북한과의 연방제 통일을 강조한다. 가까운 친구가 김철수의 주장을 소개하며 자신이 그를 지지한다고 말했던 기억이 선하다. 내가 친구의 주장을 뚜렷이 기억하는 것은 그가 북한에 우호적이고 주사파이면서도 남한의 독자성을 강조했기 때문이다. 한마디로 친구는 북한을 지지하지만 북한의 입장은 북한의 입장이고 내 입장은 내가 생각하여 정한다는 정도로 이해할 수 있었다. 돌이켜 보면 80년대 주사파의 대중적 발전기에 주사파 중 상당수가 이런 입장인 경우가 많았던 것 같다.

주사의 본질 그리고 주사파 대부분이 그렇지 않았다. 주체사상은 수령·당·대중을 하나의 역사의 주체라고 생각하는데 이때 사고의 중심은 수령이다. 대중은 생각하지 않는 것이다. 세포가 뇌의 명령을 따라야 하는 것과 같다. 따라서 대중은 독자적으로 판단·사고하기보다는 수령과 당의 결정을 무조건 집행해야 한다. 무지막지한 견해인데 간혹 이런 주장을 서슴없이 주장하는 사람들이 꽤 있었다. 그리고 시간이 흐르면서 주사파 상당수가 그런 성향으로 변화했다.

흥미로웠던 것은 최성혁의 주장이다. 최성혁의 메시지는 군자산의 약속과 거의 유사했다. 그는 북핵·미사일을 통한 북한 주도의 통일을 강조하고 남한 내부에서 민주노동당으로의 결집을 강하게 주장하고 있었다. 당시 최성혁의 주장은 90년대까지의 주사파가 흔히 갖고 있었던 발상과 구도가 이전과는 많이 달랐다. 덕분에 나는 최성혁의 글을 매우 흥미롭게 보곤 했다.

2002년 하반기 2개의 정치 이벤트가 있었다. 하나는 핵 문제와 관련한 북한의 대응이고 다른 하나는 대선이었다.

북한 핵과 관련해서 최성혁은 북한이 핵을 개발할 수 있고 핵을 개발해야 미국을 몰아낼 수 있다고 주장한 반면 주사파 일부와 남한 운동권의 상당수는 북한이 핵을 개발하는 것은 비핵·평화의 원칙과 모순된다고 주장했다. 반면 최성혁은 북핵의 개발과 발전을 강하게 긍정하고 있었고 이는 한호석의 주장과 일치했다.

90년대 운동권 상당수는 절대적인 평화의 입장에 서 있었다. 절대적인 평화란 '상대방이 총을 들더라도 비무장 상태에서 싸우자'와 같은 비현실적인 주장이다. 주사파 중 일부는 김일성·김정일이 핵을 만들 의사도 없거니와, 의지와 능력도 없다는 말을 그대로 믿고 있었다. 참으로 어처구니없는 '나이브'한 생각이었는데 운동권 상당수가 이런 생각을 갖고 있었다.

다음으로는 대선에 대한 입장이었다. 당시 운동권은 권영길 후보와 노무현 후보 지지로 양분되어 있었다. 공식 입장은 권영길 후보의 지지가 대세였지만 내심 노무현 후보 지지도 상당했다.

정몽준 후보가 사퇴하면서 노무현 후보의 승리가 불투명해졌던 때였다. 노무현 후보의 승리가 어두워진 조건에서 운동권도 대승적 승리를 위해 권영길 후보가 아니라 노무현 후보에 투표할 법했다. 그러나 최성혁은 정몽준의 사퇴가 미국의 음모라고 주장하며 강경하게 권영길 후보에 투표할 것을 주장하고 있었다.

최성혁의 주장은 당시 주사파 분위기와 잘 맞지 않았다. 나는 최성혁의 글을 보면서 이건 남한 운동권의 글이 아니라 북한 공작원의 글이라는 생각을 하곤 했다. 군자산의 약속과 거의 동일한 메시지를 던지고 있었기 때문이다.

돌이켜 보면, 2000년대 초반 북한은 남한의 주사파 운동권을 설득하기 위해 여러 갈래의 작업을 진행했던 것 같다. 그중 하나가 안경호·오종렬 만남을 계기로 군자산의 약속이 구체화된다. 이와 별도로 한호석을 메신저로 활용하고 인터넷 공간에서는 최성혁 등이 활약했다.

북한의 작업은 나름 효과를 발휘한 것 같다. 80~90년대와 비교하면 다음과 같다. 첫째, 80~90년대는 대중투쟁 우위론이 대세를 차지하고 정치권 진출을 개량주의·출세주의로 보는 경향이 강했다. 반면 군자산의 약속을 계기로 정당운동에 대한 거부감이 거의 사라지고 진보정당을 운동의 중심에 두게 된다. 둘째, 통일문제의 접근에서 남한 주도성을 강조하는 경향이 컸다. 남한의 대중운동을 통해 민주 정부가 수립되면 북한과 평화적으로 통일한다는 것인데 이 맥락에서는 북한의 핵·미사일 활동 등은 부정적으로 묘사된다. 한호석과 최성혁의 통일론은 이 맥락을 겨냥한 것으로 볼 수 있다.

3

2002년 대선은 군자산의 약속과 관련한 입장을 정리하는 데 매우 중요한 전기였다. 당시 북한의 입장을 알 수 있는 통로는 여러 가지였다. 가장 중요한 통로는 한민전 방송이었다. 지금은 잘 기억나지 않는다. 역시 기억을 통해 당시 상황을 복원해 보겠다.

2002년 10월 무렵부터 한민전은 여러 개의 문서를 내보내고 있었다. 한민전 문서는 남한의 공안 기관에도 공개되는 문서이다. 따라서 간접적이고 추상적으로 전개된다. 한민전 문서를 온전히 이해하려면 한민전 문서를 오래 탐독하여 북한의 입장을 잘 숙지하고 있거나 지하당 등으로 전해지는 비밀 지령 등과 교차해 봐야 한다. 필자가 그런 작업에 적당한 위치에 있던 사람이다.

먼저 한민전은 민노당의 출범과 대선에서 권영길 후보의 출현을 매우 높이 평가하고 있었다. 한민전은 민노당의 출범을 계기로 한국 민주주의가 새로운 단계에 올라섰다며 이를 중시하고 있었다. 부연하자면 한민전은 당시 한나라당과 민주당 모두를 보수·친미 정치세력으로 보고 진보정당이 들어서야 제대로 된 민주주의가 발전할 수 있다고 주장했다.

둘째, 대국민서한에서 한민전은 중층적 메시지를 전달한다. 예를 들어 이회창을 매장하자. 민주인사를 당선시키자. 진보인사에 표를 몰아주자와 같은 상호 모순된 내용이 하나의 문서에 담기는 식이다.

'이회창을 매장하자. 민주인사를 당선시키자'에 한정한다면 노무현 후보를 찍으라는 이야기지만 어디까지나 대국민서한인 만큼 이건 국민 대중에 해당하는 이야기다. 운동권에 한정한다면 '진보인사에 표를 몰아주자'와 같이 권영길을 찍으라는 이야기였다.

주사파 또는 운동권 다수가 북한의 방침에 혼란을 겪었다. 대표적으로 범민련 이** 선생과 당시 비선(대진연)이 장악했던 한총련이 그러했고 주사파 운동권 다수도 그러했다.

4

군자산의 약속은 2002년 대선 이후에도 좀처럼 논란이 그치지 않았다. 대표적인 것이 범민련과 한총련이다.

나는 군자산의 약속 전 과정에서 북한의 메시지가 전달되고 남한에 수용되는 과정을 지켜봤다. 따라서 북한의 의도가 무엇인가를 투명하게 지켜봤다.

북한의 메시지는 주사파 운동 전체를 범민련 중심의 통일운동에서 민노당으로 재편할 것을 시사했다. 북한의 메시지는 판단의 여지없이 명료했다. 반면 범민련과 주변 활동가들은 이에 동의하지 않았다.

범민련과 관련해서 중요한 것은 범민련에서 무게 중심이 민노당으로 바뀐다면 통일운동은 어떻게 할 것인가에 있었다. 그 또한 명백했다. 범민련으로는 더 이상 안되고 더 큰 대중조직으로 갈아타자는 것이다. 이 주장은 훗날 6·15 공동위원회가 된다.

2002년 가을 어느 날 나는 이종린 선생을 찾았다. 나는 조용히 범민련을 그만두겠다고 말하고 허락을 구했다. 북한의 입장은 전체 운동은 범민련이 아니라 민주노동당으로 통일운동은 범민련이 아니라 2005년에 만들어질 6·15 공동위원회로 집중할 것을 가리키고 있었다. 북한의 입장이 확인된 이상 나도 그에 맞게 입장을 바꾸어야 했다.

내가 65년생이므로 2002년이면 30대 후반이었다. 그때까지 나는 전대협과 한총련 그리고 범민련이 전부라고 생각했다. 막상 북한의 입장이 확인되면서 정견과 사상에 대해 달리 생각하는 계기가 되었다. 그 이후로는 통일연대·민주노동당 이리저리 방황하고 궁극적으로 전향의 길을 걷게 된다.

북한의 메시지가 전달되었음에도 적지 않은 사람들이 고집스럽게 범민련 사수의 입장을 가지고 있었다. 비슷한 입장을 고수한 것이 한총련과 한* 등이다. 나 또한 주변에서 당신의 주장(북한의 입장은 민노당이다)을 믿을 수 없다는 이야기를 많이 들었다. 북한은 여러 경로로 북한의 입장을 믿지 못하는 몇 개의 그룹을 설득했고 최종적으로 2005년 정도가 되어서야 정리되었다.

이 과정은 매우 중요하다. 특히 2010년대 후반 창원·제주·민주노총 간첩단 사건이 빈발하는데 이들의 뿌리와 상당한 관련이 있다. 이건 다음을 기약한다.

주사파의 역사에서 한호석은 매우 중요한 인물이다. 2000년 이

전 주사파의 통일전략은 민주정부 후 연방제 통일인데 한호석이 등장하면서 북한 주도의 통일론으로 바뀌었다. 지금은 주사파 거의 전부가 한호석의 입장을 따른다.

북한 주도의 통일론을 기술하자면, 북한의 핵과 미사일이 발전하여 미국을 위협하는 수준에 이르면 미국이 본토 및 자국민의 희생을 우려하여 한반도에 대한 개입을 주저하고 이때 북한 주도로 통일한다는 것이다.

핵심적인 쟁점 중 하나는 그럴 경우, 통일의 주도권이 북한에 있고 군사적 방식으로 '통일'하는 것을 묵인한다는 의미가 된다. 사실상 6·25 전쟁과 동일한 입장이다.

2010년대 경기동부가 비슷한 입장을 취하고 그와 연관된 회합까지 가진 것이 이른바 경기동부 사태이다. 80년대에도 주사파는 유사한 입장을 가지고 있었는데 한호석은 지하에서 암묵적으로 가지고 있던 생각을 드러내 놓고 주장한 것이다.

덕분에 주사파 내부에서도 논란이 있다. 대표적으로 필자는 이에 강하게 반발하여 1인 시위를 벌이고(출처_https://www.youtube.com/watch?v=0iuFY1bl12c&t=1491s) 공개서한을 낸 적도 있다. 주사파를 둘러싼 다양한 쟁점들을 알고 싶다면 일독을 권한다.

한호석에게 보내는 공개서한

2022. 10. 05

한호석은 최근 『자주시보』에 게재한 글에서 북한의 선제 핵공격이 임박했다고 주장한 바 있다(http://www.jajusibo.com/60467).

한호석은 위 글 이후에도 비슷한 논조의 글을 연이어 게재하고 있다. 필자가 한호석의 주장을 과장한 것이 아니다. 한호석은 정말 태연하게 그리고 아무렇지도 않게 북한의 선제 핵공격이 임박했다고 언급하고 있다.

이런 주장을 하는 사람은 한호석만이 아니다. 한호석 정도는 아니더라도 유사한 주장을 하는 사람들이 적지 않다. 이 글은 한호석 그리고 한호석과 유사한 주장을 하는 사람들에게 보내는 공개서한이다.

먼저 한호석과의 인연을 소개한다. 90년대 중후반 이후 한호석은 주로 한반도 군사 문제를 다룬 다수의 논문을 발표했고 한국을 방문해 주로 주사파 활동가들을 상대로 한 강연과 접촉을 하곤 했다.

그 과정에서 필자도 몇 차례 만났던 기억이 있다. 대부분은 공개 토론회, 강연회 등 다수가 있는 자리에서의 가벼운 만남이었지만 사적인 만남도 있었다. 필자가 주로 물었던 것은 한호석의 주장이 개인적인 의견인지 북한과 일정한 교감이 있는 가였다. 한호석의 답변은 애매했지만 나는 북한과 어느 정도 교감을 갖고 있다고 받아들였다. 내가 지금 시점에서 한호석에게 공개서한을 보내는 이유도 그와 상당한 관련이 있다.

한호석의 주장은 2000년대 이후 주사파의 생각을 결정적으로 바꾸었다. 그 이전까지 남한 주사파들의 생각은 남한에서 자주적 민주 정부가 들어서면 북한 정권과 연방제로 통일한다는 생각이었다. 반면 한호석은 북한의 군사적 역량이 미국을 제압하면 북한 주도로 통일할 수 있다는 것이었다. 그 이후 남한의 주사파 거의 대부분은 한호석의 주장을 수용해 정세 인식의 틀을 바꾸었다.

필자도 한호석의 생각에 공감했던 주사파 중 한 사람이다. 그러나 2000년대 정세가 심화되면서 예민한 쟁점들이 생기기 시작했다. 많은 이야기를 할 수 있지만 여기서는 평화와 관련된 문제만 다뤄보자.

주사파 대부분은 한반도에서 전쟁이 일어난다면 미국이 예방전쟁 차원에서 북한을 군사적으로공격하는 것으로 상정했다. 즉 동기야 어쨌든 전쟁은 미국이 일으키는 것이었다. 나는 오랜 기간 범민련 남측본부 사무처장으로 일했다. 나는 수많은 집회와 강연에서 발언하고 토론하면서 전쟁은 미국으로부터 발발한다는 생각에 기초해 활동했다. 반면 한호석의 기조에는 북한이 핵·미사일 개발을 통해 북한 주도의 통일을 할 수 있다는 생각을 기저에 깔고 있었다. 그럼에도 2000년대 어느 시점까지는 평화운동의 방향을 둘러싼 논란은 모호한 채로 남아있었다.

필자의 관점에서 결정적인 계기가 되었던 것은 경기동부 문제와 연평도 사태였다. 나는 경기동부 사태가 터지기 직전 동료·후배들로부터 전쟁이 발발할 수 있고 그에 대비해 태세를 갖춰야 한다는 이야기를 들었다. 태세를 갖춰야 한다는 것은 북한의 공격에 대비하여 비평화적인 준비를 해야 한다는 주장이었다. 참으로 놀라운 이야기였다. 경기동부 사람들은 실제로 그것을 모의했고 그들은 역사의 무대에서 퇴출되었다.

연평도는 더 극적이었다. 나는 한 동포라고 믿었던 북한이 민간인 지역에 포격을 가하는 장면을 TV를 통해 지켜봤다. 나는 그것을 보면서 북한에 대한 오랜 미망에서 벗어났다.

세월이 흘러 2021년 1월 북한의 8차 노동당 대회가 있었다. 상황을 종합하면 북한의 의도는 명확했다. 미국을 향한 전략핵보다는 남한을 겨냥한 전술핵으로 방점이 옮겨가 있었고 이를 다양한 공간에서 노골적으로 드러내고 있었다. 한호석의 주장은 2021년부터 시작된 북한의 전략 변경과 맞닿아 있다고 생각한다.

솔직히 말하면 한호석은 망상에 찌든 사이비 혁명가이거나 북한의 사주를 받은 프로퍼갠더라고 생각한다. 한호석이나 그에 동조하는 사이비 혁명가들에게는 할 말이 없다. 그들은 구제불능이거나 변화의 여지가 없다. 나는 이번 공개서한을 시작으로 언론 자유의 틈바구니에서 무책임한 주장을 하는 자들에게 응당한 책임을 물을 것이다.

내가 한호석에게 보내는 공개서한을 통해 말하고 싶은 대상은 여전히 주사파 또는 그에 가까운 입장을 갖고 있는 사람들이다. 물론 이 글이 말이 안 된다고 생각하면 그냥 묻어도 좋다. 반면. 이 글이 일말의 가치가 있다면 깊이 생각해 보고 주위에 전파해주기 바란다.

논점을 명확히 하자. 한호석에 따르면 북한의 선제 핵공격이 임박했다고 한다. 위에 링크한 글을 읽어 보기 바란다. 한호석은 비유적인 표현을 빌려 에둘러 주장하는 것이 아니라 선제, 핵공격, 임박이라는 명료한 단어를 빌어 자신의 생각을 밝히고 있다.

사이비 혁명가의 헛소리는 그렇다 치자. 당신들도 이런 주장에 공감하는가? 다시 한번 묻자. 북한이 남한에 대해 핵공격을 하더라도 북한에 동조하는가? 또는 여전히 북한이 우리의 동포인가? 대한민국에서 태어나 대한민국에 부모와 형제를 둔 우리가 이런 주장을 받아들일 수 있는가?

북한이 남한에 대해 핵공격을 하는 상황에서도 북한에 동조한다면 나는 80~90년대 보수 세력이 주사파·통일운동에 가했던 공격, '너희들이 북한의 꼭두각시가 아닌가'라는 주장에 변명할 자신이 없다.

돌이켜 보면 한국의 평화운동은 반미친북적 경향에 갇혀 있었다. 덕분에 그들은 북한의 핵·미사일 역량이 약할 때는 미국의 핵 위협에 반대하는 평화를 주장하다가 북한의 핵 역량이 강화된 지금에는 북한의 선제 핵공격, 북한의 핵용인을 강조하며 사실상 북한의 입장에 동조하는 형태를 취하고 있다.

그럼에도 금도는 있다. 백번 양보해 북한 핵이 7000만 민족 전체의 평화를 지킨다는 주장은 그나마 받아들일 수 있다 치자. 어쨌든 그것은 평화를 전면에 두고 있기 때문이다. 그러나 북한의 핵 선제공격이 임박했고 그것을 긍정하자는 따위의 주장은 우리가 받아들일 수 있는 한계치를 넘는 것이다.

조만간 북핵 문제는 심각하고 결정적인 국면으로 접어들 것이다. 한국의 평화운동은 사이비 혁명가들의 요설과 단절하고 근본적인 방향 전환에 착수해야 한다.

민경우 | 시민단체 **'대안연대'** 상임대표

민노당·민주노총의 장악

1

군자산의 약속을 계기로 주사파는 빠르게 민주노동당으로 이동하기 시작했다. 사람들은 운동권을 흔히 NL·PD로 구분하곤 한다. NL은 통일, PD는 노동문제에 관심이 많은 것으로 본다.

중요한 것은 NL·PD의 역량 차이다. 사람에 따라 차이가 있을 수 있지만 필자는 9:1 정도라 본다. 특히 투쟁과 조직에서 NL과 PD는 현저한 역량 차이를 보인다. PD 친구들을 볼 때마다 느끼는 것은 운동가라기보다는 좌파 인텔리들을 보는 것 같다. 반면 NL 친구들은 조직과 투쟁, 민중적 기풍에서 활동가다운 면모를 가지고 있다.

군자산의 약속으로 입장 정리가 되자 주사파는 빠르게 조직을 장악하기 시작했다. 불과 3년 만에 사실상 민주노동당과 민주노총을 장악하기에 이른다.

2002년 3월 16일~2004년 6월 6일 지도부는 다음과 같다.

대표: 권영길
사무총장: 노회찬
부대표: 최순영, 김태일, 김혜경, 천영세, 김형탁

2004년 6월 6일~2005년 10월 31일 지도부는 아래와 같다.

대표: 김혜경
사무총장: 김창현
정책위의장: 주대환
최고위원: 최규엽, 김종철, 이영희, 김미희, 이정미, 유선희, 박인숙, 이용식, 하연호
의원단 대표: 천영세

사무총장 김창현을 비롯한 최고위원 대부분이 주사파이거나 NL이다. 참고로 2010년 무렵의 라인업은 아래와 같다.

2010년 7월 16일~2011년 12월 13일

대표 최고위원: 이정희

사무총장: 장원섭

정책위의장: 이의엽

최고위원: 장원섭, 김성진, 정성희, 최은민, 이영순, 우위영, 윤근순

의원단 대표: 권영길(2010. 08. 10.~)

사무총장·정책위의장 등 핵심 당직자가 점점 더 주사파 그것도 경기동부·광주전남연합으로 구성되고 있다.

2

2002년 가을의 어느 날, 인천파 선배 한 사람이 나를 찾아 왔다. 그는 당시 권영길 후보 대신 오종렬 선생을 대통령 후보로 추대할 것을 주장했다. 나를 찾아온 이유는 그것을 위해 범민련이 나서줄 것을 요청하기 위함이었다. 오**이 되어야 하는 이유는 6·15 시대라는 점, 범민련이 나서야 하는 이유는 통일문제의 중요성 그리고 범민련이 갖는 상징성 때문이었다.

내심 전국연합 내에서의 논쟁을 알고 있었다. 여러 가지 정황을 종합하면 울산파는 설사 입장이 다르다 하더라도 권영길 후보를 밀어야 한다고 주장하는 반면 주로 인천파는 오종렬 선생의 추대

를 강하게 주장하고 있었던 것 같다. 나도 우연히 이 논쟁에 참여했다. 당시 나는 울산파의 입장을 강하게 옹호했던 기억이 난다.

인천파 선배의 설득을 놓고 고민하는 척했지만 나는 마음속으로 일언지하에 거절했다. 전국연합 내에서도 의견이 오가기는 했지만 외부로 드러나지는 않고 가라앉았던 것으로 기억난다.

2007년 중앙대에서 8·15 통일행사가 열렸다. 내게 노동운동 선배 **가 2007년 대선에 대한 의견을 구했다. 구체적으로는 그는 2007년 대선에서 "민주노동당 후보로 누가 되는 것이 좋겠는가?"라고 물었다. 그냥 지나가듯이 묻는 듯했지만 나는 나름 강하게 내 주장을 어필했다.

"제발 순리에 맞게 합시다."

당시는 심상정·노회찬이 대중의 많은 지지를 얻고 있었다. 나는 대중의 지지에 맞게 심상성·노회찬 중 한 사람이 대권 후보가 되어야 한다고 주장한 반면 NL들은 권영길 후보를 밀고 있었다. 그들은 심상정·노회찬이 PD이기 때문에 그나마 NL의 통제가 가능한 권영길 후보를 밀어야 한다고 주장하고 있었던 것이다.

NL은 조직·투쟁·대중성에 강점을 보이는 반면 상식을 초월하는 패권적 색채를 갖고 있었다. 이건 NL만의 문제는 아니다. 운동권 모두는 80년대 중반 레닌주의로 통일되었다. 레닌주의는 진리를 가르는 기준으로 당파성을 중시했다. 즉 당에 유리한 것이 진리라는 것이다. 다원주의 사회를 배경으로 너와 나의 의견이 다를 수 있다는 민주주의 사회의 진리관과는 근본적으로 달랐다. 따라서 패권적인 색채는 운동권 모두가 어느 정도 갖고 있는 특성이었다. 주사파는 레닌주의의 진리관을 그대로 물려받았고 현실 속에서 훨씬 강도 높은 경향을 보이곤 했다.

2002년, 2007년 대선이 그러했다. 돌이켜 보면 내가 주로 몸담았던 반독재 투쟁이나 조국통일운동은 이권이나 세력다툼이 구조적으로 적었다. 이권이라 봐야 누가 먼저 감옥에 갈 것인가의 문제였고 조국통일운동 또한 현실 초월적인 색채가 강했기 때문이다. 반면 민주노동당 관련 일은 현실이 다양한 정파나 권력 관계를 다뤄야 하기 때문에 어려운 일이었다는 생각이 든다.

누가 썼는지는 몰라도 글쓴이는 나무위키 '민경우'란에 나를 소개하면서 비교적 중립적인 인물이기 때문에 범민련 남측본부 사무처장을 오래 할 수 있었다는 평가를 달아 놓았다. 지금 돌이켜 보면 나름 적절한 평가라고 생각한다.

3

민주노동당과 함께 민주노총의 세력변화를 말해야 한다. 이 무렵이면 학생운동이 거의 붕괴하기 때문에 민중운동을 상징하는 것은 민주노총이기 때문이다.

민주노총 위원장은 권영길(1대 95~97)·이갑용(2대 98~99)·단병호(3대 99~2001)로 주로 PD 계열이다. 2004년 5대 이수호, 2006년 6대 조준호 위원장 이후로는 대부분 NL 성향이거나 NL의 입김이 강하게 반영된 집행부이다.

나는 노동운동을 잘 모른다. 그럼에도 사람들한테 주워들은 이야기는 많다. 민주노총 집행부는 전체적으로 PD에서 NL로 바뀌는 방향으로 발전했다. 또 다른 주요한 변화는 비정규직과 직선제이다.

80~90년대 노동운동의 중심은 금속·대규모 사업장이었다. 현대자동차·기아자동차·현대중공업 등이 한국의 노동운동을 상징했다고 볼 수 있다. 이들의 근로조건이 두드러지게 개선되고 나이를 먹어감에 따라 운동의 주도권이 비정규직으로 바뀌게 된다.

이를 배경으로 경기동부 등 주사파 운동권 조직들이 운동의 중심으로 전통적인 학생과 농민에서 비정규직으로 옮기기 시작한다. 양경수 민주노총 위원장이나 전주을 재보궐선거에서 당선된 강성희 당선자 등이 각각 기아차, 현대차 비정규직 운동에 투신한 것이 이 무렵이다.

쉬운 일이 아니다. 2000년대가 되면 주사파 운동 이외에 다른 정파의 운동들은 거의 궤멸된 상태였다. 그나마 있던 것도 운동의 의제를 페미니즘 같은 방향으로 돌렸다. 또한 노동운동을 하더라도 기존 노조에 편승하여 얼마든지 편하게 쉬운 길을 갈 수도 있었다. 반면 주사파 조직들은 과감히 비정규직 운동에 투신하여 운동의 새로운 길을 개척했던 것이다.

2001년 한총련 의장을 지냈던 최**군이 있다. 2000년대 초반 나는 나름 유명한 통일강사였다. 울산 또는 부산 지역에 강연을 갔다가 행사를 마치고 어느 허름한 자취방에서 잠을 청하고 있었다. 방을 내준 청년은 조심스럽게 자기가 **임을 밝혔다. 그는 심한 피부병을 앓고 있었다. 나는 허겁지겁 그와 많은 지난 이야기를 나누며 하얀 밤을 보냈던 기억이 난다.

2014년 민주노총 직선제가 도입되었다. 직선제는 언제나 파란을 몰고 오는 진원지이다. 2014년 쌍용자동차 해고자 출신 한상균이 위원장에 당선되었다. 사람에 따라 평가가 다를 수 있지만 내가 보기에는 협상과 타협에 능한 노동운동가라기보다는 돈키호테 같은 전투력을 지닌 풍운아라고 생각한다.

2021년 직선제를 무기로 경기동부, 기아 비정규직 출신 양경수 집행부가 들어섰다. 양경수 집행부가 들어서는 과정에서 투표가 어떤 식으로 진행되었는가에 대해 이리저리 들었다. 민주주의와는 거리가 멀었고 이른바 주사파의 패권주의가 다시 작동했다고 본다.

NL은 한국 사회에 깊이 뿌리박고 있는 민중적·민족적 성향을 갖고 있었다. 사회주의를 지향하는 PD에 비해 NL이 광범위한 대중적 지지를 받았던 이유도 거기에 있었다. 거기까지였다면 주사파는 역사에 나름 순기능을 할 수도 있었을 것 같다. 그러나 고비마다 주사파는 특유의 패권주의로 무리수를 두었다. 대표적인 것이 96년 연대사태이다. 2000년 중반 민주노총·민노당을 장악해 가는 과정도 그랬다고 본다.

4

물론 그것은 주사파의 궁극적 지향점이 북한에 있었기 때문이다. 북한의 영향은 남한 운동권에 상당한 영향을 미쳤다. 대중운동, 전략전술에 관한한 북한은 최고 수준의 콘텐츠를 축적했다.

특히 대중운동 이론이 그것이다.

80년대 남한의 운동권은 5·18의 영향을 받아 과격일변도로 치닫고 있었다. 반면 북한은 한민전 등을 통해 유연하고 부드러운 대중 전술을 끈질기게 설득했다. 87년 봄부터 시작된 학생운동의 노선 전환(유연한 구호와 투쟁 전술)은 북한의 영향이 컸다. 이를 배경으로 학생운동의 대도약으로 전대협이 만들어질 수 있었다. 범민련 중심의 통일운동을 하던 주사파 운동이 군자산의 약속을 계기로 진보정당 운동으로 전환한 것도 외견상 주사파 운동의 대중적 성장에 결정적인 기여를 했다.

그러나 북한의 목표는 남한 운동을 북한의 요구에 맞게 재편하는 것이었다. 그리고 북한의 요구는 나라 수준의 복종과 통일을 요구했다. 2007년 대선에서 주사파가 집요하게 심상정·노회찬이 아니라 권영길을 주장한 것도 그 때문이다. 주사파의 패권주의는 결국 북한의 국가 수준의 요구가 반영된 결과인 셈이다.

이석기와 경기동부의 몰락

1

2004년을 계기로 전국연합 3파를 비롯한 주사파 조직들이 빠르게 민주노총과 민노당을 장악하기 시작한다. 2006년 두 가지 사건을 계기로 벽에 부딪친다. 하나는 일심회 사건이고 다른 하나는 북의 핵실험이다. 여기서는 일심회 사건과 북핵을 계기로 어떻게 변화하는지를 살펴 보겠다.

2

일심회의 총책은 마이클 장(장민호)이다. 성대 81학번으로 82년에 미국으로 유학을 했다가 미국에서 북한에 포섭된 것으로 보인다.

89년 밀입북한 이후 3차례 방북한 것으로 되어 있다. 마이클 장이 일심회 조직에 성공한 것은 2001년 정도이다. 2001년 그는 과거 동료, 회사직원을 포섭하여 지하 간첩조직을 결성하기에 이른다.

마이클 장이 포섭한 인물 중 민노당과 관련된 중요 인물은 최기영과 이정훈이다. 최기영은 민주노동당 사무부총장이다. 그야말로 민주노동당의 심장에 일심회의 촉수가 있었던 것이다. 한편 이정훈은 민주노동당 중앙위원으로 활약했다. 중앙위원은 상대적으로 한직이다.

북한의 간첩조직 또는 지하당은 있을 수 있는 일이다. 남과 북이 대치하고 있는 조건에서 북한이 남한에 정보라인을 갖고 있는 것은 자연스러운 일이다. 남한이 다양한 경로로 북한에 대한 정보조직을 가지려 한 것도 당연한 일이다.

문제는 남한 주사파 또는 대중운동의 태도였다. 일심회는 증거가 뚜렷한 간첩조직이었다. 핵심 인사들이 북한에 대해 충성을 맹세했고 남한의 기밀을 탐지하여 북한에 보냈다. 따라서 조국통일운동이라기보다는 북한이라는 적성국가가 남한을 위해하려는 행위를 적극적으로 동조한 행위라 볼 수 있다.

조국통일운동은 세 가지 맥락이 있을 수 있다. 하나는 통일을 염원하는 중립적인 행위와 사상이요, 둘째는 친북이되 북한 노동당이나 북한의 지령 등과는 일정한 거리를 두는 행위이며, 셋째는 북한노동당의 지휘를 받아 남한에 적대적인 행위까지를 포괄하는 행위이다.

필자는 범민련 남측본부 사무처장으로 97년, 2003년 두 번에 걸쳐 연행되어 국가보안법, 간첩행위로 처벌받은 바 있다. 간첩으로 처벌받기는 했지만 애매한 측면이 있었다. 하나는 내가 교신한 사람이 범민련 공동사무국장이면서 조총련 정치국장(박용)이라는 이중적 지위를 갖고 있는 점, 다른 하나는 친북이기는 했지만 조국통일문제를 다뤘다는 점이 그러하다. 그러나 일심회는 차원이 달랐다. 북한에 입북했고 충성맹세를 썼으며 한국에 위해가 될 만한 기밀들을 서슴없이 교환했다.

일심회 성원이었던 최기영은 민주노동당 사무부총장이었고 그는 민주노동당에 대한 상당 분량의 대북보고문을 작성했고 이는 북한이 민노당 사업에 개입하는 데 결정적인 도움이 되었다. 여기서 일심회 사건 이후 일심회, 특히 최기영 씨에 대한 입장을 두고 논란이 벌어진다.

일심회 사건이 나고 우여곡절을 거친 끝에 심상정 비대위원장이 2008년 초 최기영 징계안을 상정한다. 최기영 징계안이 통과된다면 일심회의 활동은 민노당이 받아들일 수 없음을 상징하는 것이다. 이 글의 주제에 맞게 정리한다면 군자산의 약속을 통해 북한의 민노당 장악 노력이 좌절되었음을 의미했다.

2008년 봄, 임시 전당대회가 열렸다. 주사파 전부가 심상정 비대위의 최기영 징계안을 거부한 것으로 알려져 있다. 특히 다함께로 알려진 분파 또한 거부했다.

놀라운 일이었다. 나는 당시 주사파였고 재범 간첩 신분이었다. 그럼에도 최기영씨 징계 정도는 수용해야 한다고 봤다. 일심회가 비밀리에 활동한다면 모를까 상황이 드러난 조건에서 그것을 묵인한다면 꼴이 우습다고 봤기 때문이다.

3

일심회 사건이 난 후 나는 마이클 장(장민호)의 신원이 궁금했다. 2006년 정도만 해도 형사법 절차 등이 강화되어 일심회 사건과 관련자들에 대한 정보를 얻기 어려웠다. 내가 마이클 장의 아래 인터뷰를 보게 된 것은 그저 우연이었다. 과거 운동권 사이트를 검색하다 정말 우연히 아래 영상을 보게 되었다. 나는 사진 정도만 있으면 다행이려니 했는데 인터뷰 영상이 올라와 있었다.

80~90년대 조선노동당에 가입하거나 북한을 방문하면 죽거나 폐인이 되는 줄 알았다. 필자가 95년 무렵 범민련 사무처장을 결심할 때도 안기부에서 심한 고문을 받고 10년 정도 실형을 살고 패가망신한다고 생각했다. 안기부에 끌려갈 때는 예상되는 고문을 늦추기 위해 혀를 깨무는 연습을 하곤 했다.

내가 볼 때 마이클 장이 그런 인물이었다. 나는 20~30년대 만주에서 투쟁하는 전설적인 혁명가의 빛바랜 사진을 보는 것과 같은 장면을 기대하며 마이클 장의 사진을 찾곤 했다. 그런데 9분 30초에 달하는 깨끗한 인터뷰 영상을 보게 될 줄은 꿈에도 생각하지 못했다.

더욱 놀라운 것은 그를 인터뷰한 사람들의 인터뷰 의도와 마이클 장의 인식이었다. 인터뷰에 따르면 마이클 장은 간첩 활동이 아니라 조국통일사업을 한 것이고 일심회는 조작된 것이라는 내용이었다. 조국통일사업? 조선노동당에 가입하고 충성맹세문을 썼으며 심각한 분량의 국가기밀을 북한에 전달한 사람이 아무렇지 않게 자신은 조국통일사업을 했다고 주장하고 있는 것이다. 인터뷰한 단체는 그의 그런 주장을 역시 아무렇지 않게 소개하며 이에 공감하고 있었다.

주사파 운동, 그리고 운동권 다수, 더 나아가 훗날 통합진보당 결성에 동조했던 유시민·심상정과 같은 유력 정치인들은 도를 넘고 있었다.

마이클 장의 인터뷰는 아래 링크를 참조하라.

https://www.youtube.com/watch?v=v_mCvqMYSdE

4

2008년 비대위 해산을 계기로 민주노동당은 두 개로 쪼개진다. 기존 주사파가 중심이 된 민주노동당은 그대로 유지된다. 오히려 2008년 4월 총선에서 지역 2석, 비례 3석을 얻어 건재를 과시했다. 반면 심상정·노회찬이 중심이 된 여타 세력이 탈당하여 진보신당을 만들었는데 진보신당은 유력 후보인 심상정·노회찬이 선거에서 패배하여 원외정당이 된다.

2008년 광우병 촛불, 2009년 노무현 대통령의 사망을 계기로 전체적으로 진보·민주진영의 흐름이 활성화되고 합종연횡이 시작된다. 그리고 이를 배경으로 민노당은 극적으로 성장한다.

첫째, 이정희 의원을 영입하여 대중성 확보에 성공한다. 주사파의 약점은 대중성 있는 리더가 없는 것이었다. 이정희 대표는 서울대 법대 87학번으로 그해 전국 수석이었다. 그녀는 90년 서울대 총여학생회장 후보로 출마했고 주사파로 알려져 있다. 영민하고 재기발랄한 이정희 당대표의 출현은 칙칙했던 주사파 운동에 활력을 불어넣었다.

둘째, 유시민 국민참여당, 심상정·노회찬 정치세력과 정치연합에 성공한 점이다. 구체적으로 민노당+국민참여당+심상정·노회찬 정치세력이 합쳐 2011년 통합진보당이 된다.

참으로 미스터리한 것은 유시민과 심상정·노회찬의 태도이다. 유시민과 심상정·노회찬이 민주노동당의 성향에 대해 모를 리 없었다. 그럼에도 그들은 이른바 주사파와의 정치연합에 동의한 것이다. 개인적인 정치 욕구가 컸을 것이다. 유시민·심상정·노회찬 모두 주사파와 절연하기보다는 주사파와 정치연합이 자신의 정치적 활로에 도움이 된다고 봤을 것이다.

돌이켜 보면 주사파의 정치적 진로에서 남한의 진보·민주파와의 연대·연합 여부가 결정적인 변수인 듯하다. 87년 6월항쟁에서도 주사파가 직선제에 동의하면서 대약진을 했던 것과 유사하다.

셋째, 민주당과의 정치연합이다. 소선거구제하에 통합진보당의 미래는 밝지 않았다. 여기서 민주당의 태도가 중요했다. 민주당은 통합진보당과의 연대연합을 진보·민주진영의 대통합이라는 관점에서 적극 추진한다.

놀라운 일이 벌어졌다. 민주당과 통진당의 협의 결과 여러 개의 지역에서 민주당이 후보를 내지 않고 통합진보당이 단일후보로 당시 여당과 1:1 구도가 형성된 것이다. 결과 지역구에서 통합진보당이 7석을 얻었다.

2012년 선거는 여러 면에서 진보정당 역사에 남을 선거였다. 2004년 노무현 탄핵을 타고 민주노동당이 대약진했는데 이때도 지역 당선자는 2석(창원-권영길, 울산-조승수), 비례 8석이었다. 대부분이 비례이거나 지역이라도 노동자 밀집 지역이었다. 2012년 시점에서 야권연대를 배경으로 지역에서 무려 7석을 차지한다.

5

여기까지였어야 한다. 주사파·경기동부는 여기서 선을 넘기 시작한다. 비례대표와 각종 선거에서 이석기를 비롯한 민혁당·경기동부 관련자들이 대거 출마하기 시작한 것이다.

그중 비례 2번으로 이석기가 당선되었다. 나는 그 소식을 듣고 귀를 의심했다. 그때까지만 해도 일반 사람들은 이석기에 대해 잘 알지 못했다. 그러나 주사파 활동가들은 그 당시도 이석기에 대해 잘 알고 있었다. 그는 민혁당 남부지역위원장이었고 경기동부의 맹주였다. 심지어 그는 민혁당 사건으로 구속되기도 했다. 따라서 이석기가 민혁당의 주요 구성원이었음은 2012년 무렵이면 거의 알려진 사실이었다.

이석기만이 아니었다. 비례 출마자들은 대부분 주사파 여러 파벌의 대표주자이거나 대변자였다.

민혁당 남부지역위원장이 비례 국회의원이 된다!

주사파는 여러 번 일을 그르쳤다. 내 경우만 해도 뼈아픈 기억이 적지 않았다. 96년 연대사태 당시 나는 실무 책임자 중 한 사람으로 8·15 대회의 연대 사수를 주장했다. 먼 훗날 그것이 얼마나 무모한 것인가를 절감했다. 2001년에는 2000년 6·15 공동선언을 믿고 평양에서 범민련 대회를 밀어붙였다가 심각한 타격을 받은 바 있었다. 이석기의 비례 진입은 내가 볼 때 객기에 가까웠다.

6

주사파는 여러 개의 파벌로 나뉘어 있다. 이 중 경기동부·울산·인천을 전국연합 3파라 하고 이 3개 파가 군자산의 약속의 주역이다. 그 외에도 여러 개의 파벌이 있다. 대표적인 것이 비선·대진연, 코리아연대·민중민주당, 범민련 등이 있다. 사람에 따라 의견의 차이는 있지만 간첩단 사건이 발발한 창원, 제주 등도 아주 작은 마이너 파벌이라고 볼 수 있다. 특기할 만한 곳은 광주전남인데 광주전남은 주사파 활동가들은 많지만 강하게 조직화되어 있지 않아 전국연합 3파 수준의 활동력은 보이지 않는다.

2010년경 북한이 주사파의 여러 그룹으로, "곧 전쟁이 발발할 수 있고 이에 대비하라"는 메시지를 보낸 것 같다. 나도 실제로 들었다. 경기동부는 그런 메시지를 받은 여러 개의 파벌 중 하나였던 것 같다.

아무리 주사파라 하더라도 남한에서 태어나 남한에서 자란 사람들이다. 따라서 막상 곧 전쟁이 날 수 있고 전쟁에 대비해 북한에 호응하라는 지시를 받으면 감당하기 어려워진다. 내가 그랬다. 동료·후배들로부터 북한의 메시지를 듣고 황당하다는 생각이 들었다. 나는 당시 강하게 거부했던 것 같다. 나는 주사파 활동가의 상당수가 그랬다고 본다.

반면 경기동부를 비롯한 일부 그룹은 그 제안을 진지하게 받아들였다. 나는 다분히 객기였다고 본다. 내가 보기에 이석기는 카리스마형 리더이면서 영웅 심리가 강한 모험적 인물이라고 본다. 그는 북한의 메시지를 앞에 두고 조직원들을 긁어모아 정치회합을 갖고 정세 인식과 대응방안을 전달한다.

나는 경기동부 회합에서 모임이 무기를 탈취하고 유류소를 폭파하는 것과 같은, 기술적이고 군사적인 성격이라기보다는 사람들을 계몽하고 집단적 의지를 고취하는 정치적 모임이라는 생각이 들었다. 사실 실제로 그랬다. 경기동부 조직원들이라고 해봐야 군인·경찰 같은 직종에 종사하는 사람들이 아니라 대중 교양과 조직에 주력했던 민간인들이다. 이들이 실제로 군사적으로 전력화하기에는 상당히 먼 과정이 필요했다.

유사한 모임도 대부분 그러하다. 노래는 대부분 인위적으로 긴장을 조성하고 혁명을 말하는 내용으로 가득하다. 87년 이전에는 주로 투쟁, 항쟁 등이 주요 메시지였다면 90년대 이후에는 총, 전쟁 등으로 비화한다.

90년대 초반 윤민석이 작곡한 「전사의 맹세」는 다음과 같다.

밤이 깊어 / 별이 하나 / 머리 위에 빛나거든

눈물 대신 / 내 무덤가에 / 총 한 자루 놓아주오

기쁘게 싸워 / 쓰러진 / 넋이라도 / 일어나 싸우리니

해방전사를 / 기억해 주어 / 민중의 아들을

이 노래가 불린 시기가 90년대 초반이라는 점을 기억하기 바란다(물론 지금도 많이 불린다). 노래의 배경은 서울이 아니라 만주이고 투쟁의 무기는 돌과 화염병이 아니라 총이다. 일종의 혁명을 소재로 한 운동권 청년들의 집단 놀이에 가까웠다.

운동권들 다수는 군대를 가지 않았다. 특히 80년대 중반에는 구속되어 집행유예 정도를 받아도 군대를 가지 않았다. 나도 집시·폭력으로 2개월 형을 살았다는 이유로 군대를 가지 않았다. 내가 총을 쏴본 것은 80년대 초반 대학생 군사훈련 과정에서 1주일 군사훈련을 받은 것이 전부이다. 또한, 운동권은 대부분 군대·정보·기간산업 등 하드한 영역보다는 교육·문화 등 소프트한 영역에서 근무한다. 따라서 운동권이 군대·전쟁 운운하는 것은 다분히 관념의 유희에 가까웠다.

상황이 그러했기 때문에 2010년대 북한의 메시지가 전달되었을 때 주사파 내부에 이견이 존재했다고 본다. 도무지 전쟁에 대비해 군사적 대비를 하자는 경기동부를 옹호할 방법이 없었던 것이다. 주사파들 다수는 조용한 침묵으로 경기동부에 대한 사법처리와 정치적 퇴장을 지켜봤다.

지금까지 군자산의 약속은 북한과 민주노동당 내의 주사파의 문제라고 봤다. 이 글을 쓰면서 생각보다 뿌리가 깊다는 생각이다.

통합진보당이 약진하게 된 결정적인 계기는 2012년 4월 총선에서 민주당과 통합진보당의 선거연대이다. 통합진보당이 지역구에서 7석을 얻기 위해서는 민주당이 그 지역에서 후보를 출마시키지 않았기 때문이다.

이것이 가능하려면 선거연대를 통한 후보조정을 넘어 민주당과 통합진보당 그리고 시민사회 사이에 입장과 관점의 통일이 필요하기 때문이다. 여기에는 이해찬, 문재인, 백낙청, 혁신과 통합 등 2009년 노무현 대통령 사망 이후 현재까지 민주당과 시민사회를 쥐락펴락하는 사람들과 생각들이 포함된다. 그리고 이 모든 것을 관통했던 핵심 키워드는 촛불과 문재인 정권이다. 기회가 닿으면 이를 추적해보련다.

2012년 대선에 대해 민주당 계열 정치인들과 시민단체들은 단순히 진보 민주와 보수가 경합하는 선거가 아니라 세상을 근본적으로 바꾸는 '혁명'과 같다는 생각을 했던 것 같다. 촛불'혁명'이라고 이해찬이 자주 언급하는 20년 집권론 등이 그것이다.

이를 배경으로 2012년 총선에서 보수를 고립시키기 위해 친북파는 묵인할 수 있다는 정치적 대연합이 이뤄졌다. 2012년 총선에서 통합진보당 당선자 중 경기동부만 이상규, 김미희, 오병윤, 김선동, 이석기, 김재연 등이다. 당시도 이들이 주사파·경기동부임은

알만한 사람은 알고 있었다. 그러나 보수파를 고립시키겠다는 대전략 아래 적당히 묵인된 것이다.

이렇게 보면 군자산의 약속과 민주노동당, 그리고 경기동부의 극적인 비약과 몰락의 배경은 2000년대 이래 민주당의 급진화 과정의 한 부산물이었다는 생각이 든다.

통진당 사태 이후

1

2013~14년 이석기·통진당 사태가 있었다. 우여곡절 끝에 이석기 의원은 구속되었고 통진당은 해산되었다. 앞서 말했듯이 한국 사회는 이석기 의원의 구속과 통진당 해산을 묵묵히 지켜봤다.

특별히 기억나는 사건은 다음의 두 가지이다. 하나는 김영환의 법정 증언이고 다른 하나는 하태경 의원의 체포 동의안 동의 연설이다.

김영환은 헌법재판소에서 열린 통합진보당 위헌정당 해산 심판 사건에서 "민혁당의 하부 조직으로 존재하던 여러 개의 지하 혁명조직 RO 가운데 이석기 의원이 관리·지도하던 RO를 해체하지 않고 유지한 것이 현재 문제가 되는 RO인 것으로 추정한다"고 말했다(2014. 10. 21).

또한 "통합진보당의 존재 자체가 사법적 판단의 대상이 된 이상 합헌 정당이라는 판단이 나오면 일반 국민은 물론 진보당 일반 당원 등에게도 잘못된 신호를 줄 것이 우려돼 증언 출석을 결심했다"고 덧붙였다.

아마도 누군가가 주사파 역사를 쓴다면 두 사람 모두 주사파를 상징하던 인물로 기록될 것 같다. 그리고 두 사람은 통혁당 이후 최대의 지하당 민혁당의 핵심 구성원이었다. 2014년 두 사람은 각기 다른 처지로 법정에 서서 주사파의 운명을 좌우할 재판과 증언을 한 것이다.

또 다른 장면은 하태경 의원의 국회 증언이다. 다소 상기된 표정으로 한국 사회에는 산업화 세력과 민주화 세력이 있었는데 민주화 세력은 민주화와 시장경제에서 업적으로 남겼지만, 그 안에 종북세력이 기생해 왔음을 지적하며 이석기 의원의 체포 동의안이 가결되어야 함을 역설했다.

하태경 의원은 서울대 86학번으로 주사파가 맹위를 떨칠 때 비주사NL로 학생운동에 깊게 관여했던 사람이다. 그가 비록 주사파는 아니었지만, 한때 주사파 동료들과 고락을 같이했던 점을 고려하면 그의 연설 또한 한 시대를 마감하는, 비중을 갖는 연설이었다.

이석기 의원과 통진당 해산은 68년 통혁당 검거, 90년대 민혁당 와해와 버금가는 사건이다. 그것은 북한이 2000년대 군자산의 약속을 통해 남한에 전파하려 했던, 민노당을 통한 대남전략이 결정적으로 붕괴되었음을 의미한다.

2

통진당 사태 이후 진보정당은 2개로 쪼개진다. 쟁점은 통진당 해산을 인정하고 새롭게 출발하자는 의견과 그것을 인정할 수 없다는 주장이었다.

통진당 해산을 받아들이고 새출발하자는 견해를 가진 사람들이 정의당으로 뭉쳤다. 정의당은 대체로 세 집단이 결합한 것처럼 보인다. 하나는 주사파 중 인천파 일부요, 다른 하나는 심상정·노회찬 등 PD이며, 셋째는 페미니즘 등 신세대 운동이다.

주사파 운동과 관련해서 중요한 집단은 인천파이다. 누군가의 말을 빌리면 인천파는 남로당 이후 최대의 조직적 성과를 보인 집단이다. 80년대 초중반 인천에서 주사를 받아들인 80년대 초중반 학번(인천파를 상징하는 사람은 고인이 된 고대 81학번 강희철이다)들이 인천에서 세를 확장한 후 90년대 중반 전국 무대로 진출한다.

결정적인 계기는 97년 대선에서 전국연합 집행부가 대거 정치권으로 이탈하면서 전국연합 3파가 오종렬 의장을 정점으로 전투적인 집행부를 세운 것이다. 이들이 80년대 중반 학생운동 중심의 주사파가 퇴조하는 가운데 새롭게 주사파 운동을 재건한 사람들이다. 군자산의 약속의 주역이기도 하다.

군자산의 약속은 진보정당 운동에 참여하자는 내용이다. 경기동부와 울산은 민혁당을 뿌리로 하고 있기 때문에 진보정당 운동에 개방적이었던 반면, 인천파는 상대적으로 대중운동을 중시했던 것 같다. 이는 인천파가 상대적으로 토착적인 요소가 강했기 때문이다. 전국연합 내에서 정당을 둘러싼 논쟁은 울산·경기동부와 인천이 대립하는 양상을 띠었다. 북한이 개입하고 인천파가 북한의 제안을 수용하면서 군자산의 약속이 가능했다고 볼 수 있다.

인천파와 관련해 가장 중요한 쟁점은 북한과의 관련성이다. 여기서부터는 잘 모르거나 적당한 수준에서만 이야기한다. 경기동부와 울산이 민혁당의 뿌리이기 때문에 이들은 노골적인 친북 성향을 갖는다. 반면 인천은 토착파이기 때문에 친북적 성향이 덜했던 것 같다. 덜한 정도는 미세하지만 그 미세한 차이가 전국연합 3파의 훗날 운명을 갈랐다고도 볼 수 있다. 한편 울산과 경기동부는 자신의 성향을 그대로 표현하는 반면 인천은 내부적으로는 친북적이라 하더라도 대외적으로는 매우 조심스러운 태도를 보이곤 했다.

인천파를 대표하는 인물 중 한 사람이 오종렬 선생이다. 오종렬 선생은 자주 "사상은 깊게, 표현은 대중적으로 하자"고 발언하곤 했다. 돌이켜 보면 노숙하고 멋진 말이라고 생각한다. 그렇기 때문에 인천파는 대외적으로 친북적 표현을 자제하는 경향이 있었다.

전국연합 3파 모두 70~80년대 초반 학번들이 리더 그룹이었다. 나는 그들과 토론하거나 교류하곤 했다. 그때도 인천 쪽 선배들이 상대적으로 유연하고 실용적이었던 것 같다. 덕분에 2010년대를 거치며 인천 쪽은 내부적·사상적으로 분화했다. 대표적인 사람이 90년대 운동권 베스트셀러인 『다시 쓰는 한국 현대사』의 저자 박**이다. 통진당 문제 과정에서도 인천파는 단일하게 대응하기보다는 여러 갈래로 분화되었고 그중 일부가 정의당에 합류한 것으로 보인다.

임미리 교수가 쓴 『경기동부』라는 책이 있다. 주사파가 아님에도 적지 않은 자료조사와 증언을 통해 경기동부의 역사를 훌륭히 복원했다. 훗날 누군가가 인천파에 대해 책을 내면 어떨까 싶다.

3

이석기·통진당을 계승하자는 입장을 가진 사람들이 통진당 해산 이후에도 꾸준히 활동을 이어간다. 나도 주사파이긴 했지만 이들의 활동은 불가사의한 측면이 있다. 오랜 시간 후 그들은 진보당이라는 이름으로 다시 역사의 전면에 부상한다.

2022년 6월 1일 지방선거가 있었고 진보당은 총 21명의 당선자를 냈다. 21명의 당선자 중 호남지역에서 15명이 당선되었고 울산에서 3인이 당선되었다.

80년대 중반 주사파는 주로 서울의 명문대에서 발원하고 성장했지만 2000년대 이후에는 주류 질서가 약화되면서 조직화된 역량이 힘을 발휘할 수 있는 곳, 구체적으로는 비정규직·호남의 농민 배경지역·불우한 대학생 지역을 배경으로 한다.

더 극적인 것은 강성희의 당선이다. 23년 상반기에 치러진 전주보궐선거에서 진보당 강성희 후보가 당선되었다. 강성희 당선자는 72년생 외대(용인 캠퍼스) 출신으로, 20대 때부터 현대자동차 전주공장 비정규직 활동을 한 것으로 되어 있다. 경력만 봐도 경기동부의 적자라 할만한 인물이다. 아직은 지켜봐야겠지만 강성희의 당선은 경기동부 또는 주사파가 다시금 관심의 대상이 될 것임을 예고한다.

주사파 이야기를 하면 사람들은 남의 나라 일처럼 낯설게 느낀다. 만약 그러하다면 그것은 우리가 압도적으로 서울과 수도권, 주류 사회와 문화에 익숙하기 때문이다. 주사파는 90년대부터 비주류로 전락했지만, 비주류에서는 왕성한 생명력을 가지며 시퍼렇게 살아 있다. 여기서 핵심 키워드는 다름 아닌 지방이다.

최근 발각된 간첩단 사건은 창원, 제주, 충북 등을 근거지로 한다. 신문 보도에 따르면 왜 간첩이 서울, 경기가 아니라 창원, 제주, 충북에서 출몰한 이유를 놓고 분석하는 기사를 볼 수 있다. 그건 그들이 비주류 특히 지방이기 때문이다.

주사파는 한국 사회 발전이 미국 때문에 지체된다고 보는 이론이다. 따라서 농민, 빈민 등에 각별한 관심과 주의를 돌린다. 덕분에 주사파의 마음의 고향은 다름 아닌 농촌과 농민이다. 전대협-한총련 역사에서 가장 성공한 사업도 농활과 농촌투신이었다. 90년대 초반만 해도 학생회 사업 중에서 가장 규모가 진행된 것이 농활이었다. 그런데 90년대 중반을 계기로 도시화, 수도권 집중이 극적으로 진행되면서 이것이 먼 과거의 일처럼 사라진 것이다.

2000년대 초중반 나는 농촌에서 벌어지는 통일강연회의 단골 강사였다. 농촌을 가보면 서울 소재 대학 학생운동 출신의 80년대 후반~90년대 초중반 학번들이 마을을 꽉 잡고 있었다. 이들은 거의 마을의 유지였다. 같은 맥락에서 창원, 제주, 전주 등 중규모 도시에 주사파 활동가들이 지역에서 상당한 영향력을 행사하고 있다.

최근 검거된 지역 거점 간첩단 사건은 오랜 기간 도시화·수도권화 물결 속에서 여전히 지역에 은거·활약했던 주사파를 배경으로 한다.

전주을에서 강성회 후보가 당선된 것, 지방선거에서 진보당 당선자의 대다수가 농촌 또는 농촌을 배후지로 하는 중소도시인 것도 같은 맥락이다. 점점 더 고령화·국지화되고 있는 지역에서 학생운동 출신의 주사파 활동가는 상당한 영향력을 발휘할 수 있는 역량을 갖고 있다. 더구나 이들은 전국 각지에서 청년들을 집중시켜 이전에는 볼 수 없었던 선거유세와 정당 활동을 벌인다면 결과는 장담하기 어렵다. 중국의 모택동 군대가 그랬던 것과 같다.

주류 질서가 제대로 작동하지 않는 곳에서 비주류 사상과 경향이 성장하는 법이다. 이건 주사파를 종북·반체제로 규정하는 것과는 차원이 다른 소외와 차별의 문제이다.

비정규직 운동

1

2012년 4월 지역 7, 비례 6석을 얻었던 통진당이 이석기 의원의 구속과 함께 해산되었다. 해산 이후 재건을 꿈꿨지만 쉽지 않았다. 특히 사실상 통진당을 부정하는 정의당이 진보정당의 중심을 자임하면서 주사파 진보정당 운동은 결정적인 한계에 봉착했다.

80~90년대 주사파 운동의 토대는 학생운동이었다. 90년대 중반을 계기로 학생운동은 급격히 약화된다. 이를 메꾼 것이 지역형 주사파 운동이다. 지역형 주사파 운동은 90년대 중후반을 계기로 전국화하며 각지로 역량을 투사하기 시작한다.

2

80~90년대 주사파의 핵심 근거지는 학생과 농민이었다. 농민이 주사파 운동의 중심인 것은 분명하다. 주사파의 경제이론은 제국주의 침략 때문에 자본주의화가 지체되거나 파행적이라는 것이 핵심이다. 따라서 농민이 주요 집단이 된다.

80년대 중반 학생운동이 성장할 때도 비슷한 느낌을 받았다. 84학번인 나의 운동권 친구들은 84년 시점에 서울 관악구에 소재한 서울대학교에 있었지만 그들이 태어났던 60년대 중반에는 그들 대부분은 농촌에 살았다. 중학교·고등학교 때 자연스럽게 부산·대구·광주·전주로 이사해 대학 때 서울로 오는 형국이었다. 따라서 그들 다수가 농촌적이었다. 상대적으로 서울 부유층 출신보다는 시골의 가난한 학생들이 학생운동에 많이 참여하는 것도 비슷했다.

김영환의 진술이 있다.

"대학생들이 통기타를 치고 춤을 추며 노는 것"을 보고 초등학생 김영환이 "미국의 타락한 유행가에 맞춰 몸을 뒤트는 행위를 부끄럽게 여기지 않는 한국의 대학생들이 문제라고 생각했다"는 것이다.

미국 문화를 도시적인 것으로 본다면 미국 문화에 대한 거부감은 농촌 문화, 전통적이고 민족적인 것에 대한 우호적인 생각으로 이어진다.

90년대가 되면 더 확연해진다. 학생운동의 중심이 서울대에서 고대와 한양대로 바뀌었다가 90년 초중반 이후에는 전남대와 호남으로 이동한다. 아예 지방 출신들이 학생운동의 중심에 선 것이다. 학생운동 주도 대학을 전대협·한총련 의장 배출 대학을 중심으로 간추리면 다음과 같다.

시기	~86	87~88	89~93	96~97	98년 이후
중심대학	**서울대**	**고대**	**한양대**	**전남대**	**명지대 영남대 조선대 등**

90년대 초중반 농촌 봉사활동이 대성황을 이루게 된다. 그리고 이들이 농촌에 투신하여 농민운동을 주도하게 된다. 필자는 2000년대 초반 군 단위에서 진행되는 통일 강연의 단골 연사였다.

충북의 어느 지역이었던 것 같다. 나는 강연을 마치고 잠을 청하기 위해 시골길을 가고 있었다. 강연 내내 나는 참가한 사람들이 농민이라고 생각했다. 두런두런 이야기를 하던 중 이상한 생각이 들어 학생이 아니냐고 물었다. 그들은 모두 이른바 '학출'이었다. 그만큼 주사파와 농민은 인연이 깊었다.

정말 수많은 학생·지식인들이 농민운동에 투신했고 그들 다수는 대한민국의 산업화와 더불어 조용히 잊혔다. 역사의 무대에서 선의보다 중요한 것은 역사의 대세이다. 나는 대세에 호응하는 방향으로 움직인 자는 살아남고 역사에 거스르는 자는 사라진다고 생각한다. 제국주의 침략에 의해 농민이 농촌 지역에 퇴적하고 궁극적으로 역사의 주체가 된다는 주사파 경제이론은 한국의 경제성장과 함께 조용히 사라졌고 그와 함께 혁명을 꿈꾸었던 청년 인텔리들의 꿈도 그러했다.

3

80~90년대 노동운동은 금속·대규모 사업장의 고졸 노동자였다. 현대자동차·기아자동차를 생각하면 된다. 노동운동은 계급 문제와 연결되어 있으므로 주사파보다는 PD와 친화력이 있었다. 덕분에 80~90년대 노동운동의 주요 리더들 다수가 PD였다. 심상정·노회찬·단병호 등이 그렇다.

2000년대가 되면서 상황이 역전되기 시작한다. 주사파가 워낙 많고 주사파가 현실 대중운동을 강조하기 때문에 시간이 지날수록 거의 모든 영역에서 주사파가 주도권을 갖기 시작한다.

주사파 노동운동의 성장을 배경으로 군자산의 약속에 호응하여 등장한 조직이 민주노동자전국회의이다. 민주노동자전국회의 강령 전문은 아래와 같다.

"제국주의 식민통치와 조국분단이란 고난의 역사 속에서도 굽힘 없이 이어져 온 선배 노동자들의 민족해방·계급해방의 투쟁 정신과, 민주노조를 건설하고 사수하여 오늘의 민주노조운동을 있게 한 현장 조직운동의 성과를 이어받아 우리는 현장활동가 전국조직인 민주노동자전국회의를 건설한다.

민주노동자전국회의는 노동현장에서 비타협적 투쟁으로 노동해방 세상을 건설하기 위해, 자주·민주·통일의 기치를 높이 들고 전 민중의 통일단결로 사회의 참된 민주변혁과 민족의 자주화와 통일을 쟁취하기 위해 힘차게 싸워나갈 것을 선언한다."

86~87년 주사파가 출현하기 이전, 운동권 문서의 대부분은 "군부는 독재 또는 파쇼정권임으로 이를 타도해야 한다"고 주장한다. 반면 87년 8월 전대협부터 이른바 주사파 조직의 문건 대부분은 민

족해방·반미·자주민주통일이 중심이다(이런 서술의 원형은 1985년 한민전의 민족자주선언이다).

90년대 주사파 조직이 대부분을 평정했지만, 미완의 섬처럼 남아있던 분야가 노동이었다. 노동운동은 여전히 PD가 득세했기 때문에 스토리는 주로 노동자 계급 어쩌고로 이어진다.

민주노동자전국회의 문서는 이제 노동운동 내에서 전통 주사파 문서의 문법을 따르는 조직이 생겼음을 상징한다. 노동운동은 다양한 정파가 존재하고 규모가 컸기 때문에 민주노총 전체의 입장으로 정리할 수는 없었다. 덕분에 일단은 현장활동가 조직이라는 형태로 조직을 만들고 여기서 입장을 정리한 후 이를 파급시키는 형태를 취한 것이다. 그리고 이 구상은 2020년 양경수 집행부의 당선으로 일부 실현된다.

90년대 중반이 되면 주사파 운동은 전국연합 3파가 주도한다. 즉 서울대 출신 경기동부 활동가가 있다 하더라도 그는 서울대라는 대학 정체성보다는 경기동부 정체성으로 분류할 수 있다. 민주노동자전국회의도 그러했다. 90년대 중후반 전국연합이 전국적·다양한 부분으로 확장되면서 노동운동가들이 지역 정체성을 강하게 띠기 시작한다. 대표적인 사람이 민주노총 위원장 양경수와 진보당 강성희 당선자이다.

2000년대 초반 전국연합 3파는 군자산의 약속이 세팅한 구도에 빨려 들어가기 시작하고 전국연합 3파에 포섭된 노동운동가들도 그러했다. 민주노동자전국회의의 출범도 그 연장선 하에 있었다.

4

2000년대 운동은 급격히 분화되고 있었다. 첫째, 페미니즘·동물권 운동 등 이전에는 볼 수 없었던 새로운 형태의 운동이 성장하고 있었다. 주사파는 이런 운동에 대해 대체로 부정적이다. 주사파는 해외 문물의 유입에 따른 문화적 현상을 미국의 침략으로 보고 매우 부정적으로 보는 경향이 있다. 대표적인 것이 동성애 같은 것이다.

둘째는 80~90년대 주로 재야에 있던 운동은 제도권으로 진출한다. 특히 노동운동 자체가 정규직과 비정규직으로 양분되며 정규직에 혜택이 집중되기 때문에 기존 노동운동이 기득권이 되는 경향이 있다. 민주노총을 귀족 노조라고 하는 것이 이 맥락이다.

사실 경기동부 그리고 주사파 여러 그룹이 이에 편승하여 길을 열 수도 있었다. 그러나 2000년대 초반 경기동부를 비롯한 주사파 그룹들은 비정규직 운동을 통해 운동의 새로운 대중적 지반을 개척하기로 결심한다.

사람들은 주사파를 부패한 이권 조직쯤으로 생각하는 경향이 있다. 이는 제도권에 진출한 유력 정치인들이 그러하다. 반면 여전히 기층에서 활동하는 주사파 운동 그룹은 부정·비리와는 거리가 멀다. 그들의 주요한 문제점은 경제적 문제라기보다는 관념적 급진성과 같은 사상적 문제이다.

2000년대 초반 어느 때쯤 경기동부·인천·울산 3파는 정규직 노조에 편승하기보다는 비정규직 운동에 투신하기로 결심했을 것이다. 그들은 20대의 유력한 청년 조직원을 발굴하고 이들에게 비정규직 운동에 투신할 것을 설득한다.

아마도 60년대 초반 낙후한 한국 사회를 한탄하며 농촌을 찾았던 젊은이들, 70년대 초반 전태일의 빈소를 찾아 노동운동에 뛰어들었던 사람들이 그랬을 것이다. 2000년대 초반 농민운동 투신, 70년대 초반 노동운동에 투신했던 것과 같은 일이 전국연합 3파를 중심으로 벌어졌다.

나는 이 규모와 성과를 잘 알지 못한다. 두드러진 사례는 양경수와 강성희이다. 둘 다 외대(용인 캠퍼스) 출신이고 기아와 현대 비정규직 노동자였으며 오랜 시간이 흘러 민주노총 위원장과 국회의원이 된다.

특별히 양경수·강성희 모두 경기동부 출신이다. 경기동부는 여러 개의 주사파 파벌 중 하나이다. 필자의 추산으로는 경기동부의 규모는 20~30% 정도가 아닐까 싶다. 이들이 민노당과 비정규직 운동을 쥐락펴락할 수 있었던 것은 이들의 특별한 결단력과 안목 때문인 듯하다.

5

2013년 통합진보당이 해산되고 이석기가 구속되면서 주사파는 비정규직 운동에서 새로운 활로를 구한다. 주사파는 주류 질서가 약한 곳에서 힘을 발휘한다. 서울보다는 지방, 정규직보다는 비정규직, 도시보다는 농촌에서 강한 이유가 여기에 있다. 도시에 사는 당신의 눈에는 잘 안 보여도 주류 질서가 별다른 대안이 아닌 곳, 농촌·지방·불우한 대학생과 비정규직 등에서는 나름의 생명력을 갖는다.

이에 더해, 주사파 특유의 강인한 활동력이 결합하면서 주사파는 비정규직 노동운동을 거점으로 민주노총과 진보당에서 새로운 근거를 마련했다. 2013년 통합진보당 해산 이후에도 주사파 문제는 현재 진행형이라고 할 수 있다.

나는 대안연대라는 시민단체의 상임대표였다. 어느 날 택배노조와 관련된 사람들로부터 제보를 받았다. 택배노조가 문제가 있다는 내용이었다. 택배노조를 검색하면서 오랜만에 낯익은 이름들을 만날 수 있었다.

진경호 전국택배노조위원장은 2007년 무렵 내가 진보연대에 있을 때 알던 사이였다. 그는 민주노동자전국회의 의장을 지냈었다.

김태완 택배노조 수석부원장은 2023년 7월 급성뇌출혈로 사망했다고 한다. 『한겨레신문』에 따르면 "2013년 시제이(CJ)대한통운에 입사한 김 수석부위원장은 2016년 시제이대한통운 택배기사 권리찾기 전국모임 공동대표를 시작으로 2017년 1월 전국택배연대노동조합 초대 위원장, 2020년 7월 택배노동자 과로사 대책위원회 공동대표 등을 역임했다"고 한다.

김태완은 홍익대 90학번으로 96년 연대사태가 있던 해 서총련 집행위원장을 맡았다. 1997년 또는 98년에는 나와 서울구치소에 그와 함께 있었는데 일요일 낮 구치소 내에서 샤우팅(일반 사범 등을 향한 정치연설)을 했던 기억이 선하다.

진경호, 김태완 모두 2010년대 초반 주사파 운동의 대중적 지반을 확대하기 위해 비정규직에 투신했다고 생각한다. 그들이 기층 대중운동에 새롭게 투신한 것은 기억할 만한 일이 아니다. 반면 비정규직 운동에 주사파가 무리하게 개입하는 것은 자제해야 한다고 생각한다. 이 모두를 묶어 나와 대안연대는 택배노조를 규탄하는 집회와 시위를 열었고 아래와 같이 조선일보에 기사가 나기도 했다.

범민련 출신 민경우 "민노총 택배노조 위원장들은 위장취업한 주사파"
택배노조 간부들과 주사파 활동했던 민경우 범민련 前 사무처장 인터뷰

북한 '주체사상'을 추종하던 주사파였고, 이적(利敵) 단체인 '조국통일범민족연합(범민련)' 남측 본부 사무처장을 10년간 맡았던 민경우(56)씨가 최근 김포 택배 대리점 소장의 사망으로 논란이 된 민주노총 택배노조의 진경호 위원장과 김태완 수석부위원장에 대해 "주사파 활동가들이 노동 운동을 하겠다며 택배기사로 위장 취업한 뒤 노조 핵심 간부가 된 것"이라고 밝혔다.

그는 지난 17일 본지 인터뷰에서 "민주노총이 택배, 건설, 학교 비정규직 등을 중심으로 비정규직 투쟁을 강하게 하는 데는 위헌 결정으로 해산된 통합진보당의 후신인 진보당의 정치적 고립을 돌파하기 위한 목적이 있다"며 이같이 말했다.

그는 1983년 서울대 의대에 입학했지만 학생운동을 위해 그만두고, 이듬해 서울대 국사학과에 다시 입학했다. 서울대 인문대 학생회장을 지냈고, 1995년부터 10년간 범민련 남측 본부 사무처장을 맡았다. 간첩 혐의로 기소돼 4년 2개월을 감옥에서 지냈고, 감옥에서 나온 뒤 민노당에 입당해 한·미 FTA 저지 집회를 기획했다. 현재는 경기도 분당에서 수학 학원을 운영 중이고, '미래대안행동'이라는 중도 성향 시민단체 대표를 맡고 있다.

민 대표는 택배노조 초대 위원장으로 택배노조 설립을 주도한 김태완 씨(택배노조 현 수석부위원장)에 대해 "서총련(서울지역총학생회연합) 중앙집행위원장을 지내는 등 한총련(한국대학총학생회연합)의 핵심 간부였고, 내가 서울구치소에 있을 때 나와 같이 있었다"며 "현장을 중시해 학생운동 이후 노동운동을 했다"고 했다. 실제로 김씨는 홍익대 부총학생회장을 지냈고, 2012년 국회의원 선거에서 통합진보당 마포을 예비후보로 출마해 경선에서 탈락했다. 이후 2014년 서울 용산에서 택배기사로 취업했고, 2016년 6월 택배노조의 전신인 '택배기사 권리찾기' 모임을 결성했다. 노동계에서는 그를 이석기 전 통진당 의원이 속한 '경기동부연합'으로 분류한다. 양경수 현 민노총 위원장도 경기동부연합이다.

민 대표는 진경호 택배노조 현 위원장에 대해선 "현장에 투신했던 주사파이고, 내가 한국진보연대에서 활동할 때도 함께 있었다"고 했다. 한국진보연대는 2007년 좌파성향 단체들이 모여 만든 단체다. 민 대표는 여기에서 정책위원회 부위원장 등을 지냈다. 그는 한국진보연대의 성격에 대해 "주사파가 만든 통일전선조직"이라고 했다.

진경호 택배노조 위원장은 한국진보연대 활동과 별개로 2006년 민주노동자전국회의 의장을 지냈고, 2007년 민주노총 통일위원장 신분으로 북한을 방문해 혁명열사릉을 참관했다. 김정일 위원장의 어머니인 김정숙 등이 묻혀 있는 곳이다. 그가 택배기사로 일한 것은 그 이후의 일이다.

한국진보연대는 택배 노동자 과로사 대책위원회 활동도 주도했다. 박석운 한국진보연대 대표가 김태완 택배노조 수석부위원장과 함께 대책위의 공동대표를 맡기도 했다. 민 대표는 박석운 대표에 대해 "유신 투쟁을 했던 서울대 출신으로 주사파나 NL(민족해방)보다는 PD(민중민주) 성향이 강하지만, 미스터 집행위원장으로 불릴 정도로 진보가 주관한 거의 모든 대책위원회의 집행위원장을 맡고 있다"고 했다.

◇이석기 사태로 코너 몰리자 비정규직 투쟁 뛰어들어

민 대표는 택배노조의 투쟁이 "통진당 해산 상태로 정치적으로 고립된 진보당의 지지 세력을 확보하는 것과 무관치 않다"고 했다. 그는 "애초 노동운동판에서 세가 강하지 않던 주사파는 2001년 '민주노동자전국회의'를 만들고, 2004~2005년쯤 노동운동과 진보정당을 사실상 장악했다"고 했다. 이어 "이후 주사파 활동가들은 통합진보당의 국회의원을 하거나, 민주노총의 중앙 간부를 하는 등 이른바 상층(上層)에서 활동했다"고 했다.

하지만 2013년 이석기 사태로 통진당이 해체된 후 상황이 완전히 바뀌었다고 한다. 해체 뒤 주사파 중 상당수가 통진당을 계승한 민중당으로 모였는데, 통진당 사태 여파로 정치권이나 대중에게서 철저하게 외면받았기 때문이다. 민 대표는 "정치적 고립이라는 벽에 부딪치자 주사파 활동가들이 이를 돌파하기 위해 비정규직 운동에 뛰어들었다"고 했다. 그는 "상층 활동이 막히자 이른바 '하층(下層)' 활동에 뛰어든 것"이라며 "택배, 학교 비정규직, 건설, 마트 등의 노조 운동은 주사파 활동가들이 주도하며 지나치게 강경하거나 정치화된 경향이 있다"고 했다.

실제로 택배노조는 민중당 후신인 진보당 깃발을 택배 터미널에 내걸고, '이석기 석방' 현수막을 차에 걸고 다녔다. 김재연 진보당 대표가 여러 차례 응원 차 택배 터미널을 방문했고, 조합원들은 단체로 진보당 입당 원서를 냈다. 민 대표는 마트노조를 만들고 21대 총선에서 진보당 비례대표로 출마했던 김기완 마트노조 초대 위원장도 자신과 함께 한국진보연대 활동을 했던 인물이라고도 했다.

민 대표는 김포 택배 대리점주 사건과 관련해 택배노조 집행부가 사과는 커녕 '노조 괴롭힘 때문에 극단적 선택을 했다'는 것을 아직까지 인정하지 않는 것과 관련해 "나도 그랬지만 주사파들은 현실과 괴리된 관념에 갇혀 있어 세상이 제대로 보이지 않는다"며 "꿈꾸는 것과 비슷한 상태인데, 지금도 '우리는 틀리지 않았다' '모든 것이 우리를 공격하기 위한 음모다'라고 생각하고 있을 것"이라고 했다.

곽래건 기자

정직한 기록을 위해 첨부한다. 평가는 이 글을 보는 사람들의 몫이다.

에필로그

1

80년대 중반 주사파가 도입되었다. 주사파를 도입한 사람들은 서울의 명문대 출신의 80년대 초반 학번들이다. 이들은 6월항쟁을 거치며 주사파를 일약 운동의 주류로 밀어 올렸다.

나는 한동안 전대협의 반독재 민주화운동이 있고 그와 별도로 주체사상이 있다고 생각했다. 지금 생각하면 6월 민주화운동 전체를 좌지우지했던 것은 양김씨와 직선제였다. 학생운동은 직선제를 사수하기 위한 거리투쟁 국면에서 나름의 역할을 했다.

거리투쟁에서의 대중과의 결합을 위해서는 학생운동의 과격함,

폭력성을 털어내고 대중노선을 정립했어야 했다. 구호를 순화하고 대중과 함께 하는 투쟁 전술을 구사하여 6월 민주화운동의 거리 국면을 주도하기 위해서는 대중운동에 대한 사상과 이론이 있어야 했다. 한민전 방송이 이런 역할을 했고 한민전 방송의 대중운동의 새로운 전략과 전술은 주체사상에 기반한 것이었다. 즉 6월 민주화운동에서 반독재 투쟁을 이끈 학생운동의 공로도 상당 부분 북한이 원천이다.

87년 6월항쟁 이후 주사파는 대략 다음의 세 가지에 집중한다. 하나는 지하당 운동으로, 민혁당·중부지역당·일심회·왕재산 등이 그것이다. 두 번째는 반독재 민주화운동이다. 정확히는 노태우·김영삼 정권을 식민지 대리 정권으로 보고 타도 투쟁을 전개하다 96년 연대, 97년 한총련 출범식을 계기로 결정적인 타격을 입는다. 셋째는 범민련과 한총련이 중심이 된 조국통일운동이다.

87년 6월항쟁 이후 주사파 운동 대부분은 실패로 돌아간다. 지하당은 대부분 검거되었고 반독재민주화투쟁 과정에서 학생운동이 사실상 붕괴되었으며 조국통일운동 또한 대중적이지 못했다.

2

80년대 중반 이후 초기 주체사상 도입과정에서 학생운동 일부가 주사를 받아들였다가 지역에 투신하여 지역 단위의 주사파 운동을 발전시킨다. 지역 단위에 묶여 있던 지역형 주사파는 98년 전국연합을 무대로 전국화하기 시작한다.

그냥 두었다면 전국연합은 아마도 범민련에 가입하여 격렬한 반독재·조국통일 운동을 진행했을 것 같다. 아마도 임팩트는 크지만 정세에 미치는 영향력은 거의 없는 마이너로 전락했을 것이다.

북한은 남북관계 발전, 해외여행 자유화, 인터넷의 성장을 배경으로 전국연합의 노선에 전방위적으로 개입하기 시작한다. 안경호·오종렬의 만남, 한호석의 잦은 방남, 인터넷에서 최성혁의 활동 등이 그것이다.

돌이켜 보면 북한의 개입은 적절했고 효과적이었다.

변화가 필요했다. 아마도 남한 내부에서는 변화가 어려웠을 것이다. 경로 의존성이 컸기 때문이다. 무언가 권위 있는 선의 교통정리가 필요했다. 북한은 무리한 거리투쟁 대신 합법적인 정치활동을 통해 세상과 좀더 넓게 조우하도록 지시했다.

군자산의 약속이 그것이다. 군자산의 약속이라 하여 전국연합 3파가 내부 논의를 거쳐 진행된 것으로 생각하면 오산이다. 군자산의 약속의 궁극적인 소유권은 2000년 하반기 안경호와 오종렬 만남에 있다.

2004년경부터 주사파는 민노당·민주노총을 장악하기 시작했고 2012년에는 유시민·심상정의 정치세력과 연대하여 주사파 운동의 전성기를 구가한다.

3

주사파가 민노당과 민주노총을 장악했지만 그들의 뿌리 깊은 친북적 성향이 발목을 잡았다. 일심회 사건은 민노당 내에 노골적인 간첩조직이 실재함을 보여주었다. 그럼에도 주사파는 일심회 관련자를 제명하는 당연한 작업조차 제동을 걸었다. 보다 결정적이었던 것은 통일문제였다.

80~90년대 주사파의 통일경로는 남한에서 민주 정부가 수립된 이후 연방제 통일을 하는 것이었다. 이때 주어는 남한이었다. 그러나 2000년대에는 주어가 북한으로 바뀌기 시작한다. 2000년대 초반 한호석과 최성혁 등이 그런 작업을 수행했다.

2006년 북의 핵실험 이후 평화와 통일을 둘러싼 갈등이 전면화하기 시작한다. 비핵·평화를 강조하던 북한은 자신들의 무기가 고도화함에 따라 입장을 바꾸기 시작한다. 주사파도 입장을 정리해야 했다. 북핵이 자위권이라는 남한 운동권의 주장은 남한의 국민 정서와 충돌했다. 그리고 그에 맞게 남한 주사파들은 입장을 재정리해야 했다.

이 간극을 둘러싸고 터진 사건이 2013~14년 이석기·통진당 사태이다. 북한은 비밀리에 여러 경로를 통해 한반도 전쟁 상황을 가정하고 주사파 그룹의 대세 전환을 요구했다. 이 메시지가 수면위로 부상하는 순간 결정적으로 남한의 국민 정서와 충돌했다.

북한의 전쟁에 호응하여 그에 대비하겠다는 주장에 동의할 남한 국민들은 없을 것이다. 심지어 주사파 내부에서도 그러했다. 덕분에 군자산의 약속으로 화려하게 부상했던 진보정당은 허무하게 무너졌다.

4

보다 근본 문제는 북한일 것이다.

86년의 어느 날 나는 북한에서 발간한 비합법 문서를 보고 있었다. 문서에는 통일로 가는 평화적 경로와 비평화적 경로가 소개되어 있었다. 평화적 경로는 민주정부·연방제 통일이다. 반면 비평화적 경로는 북한의 남침을 적시하고 있었다. 당시 3학년이던 나는 지금도 이 장면을 뚜렷이 기억한다.

90년대 통일운동에서 우리는 연방제 통일을 지지하면서 애써 비평화적 경로에 대해서는 생각하지 않았다. 군자산의 약속은 이 비평화적 경로를 복원했고 북한 핵·미사일이 고도화됨에 따라 이를 보다 현실감 있게 발전시킨다.

불행히도 비평화적 경로가 말이 되는 상황으로 발전했다. 2021년 1월 8차 노동당 대회를 계기로 북한은 전술핵·선제공격과 같은 주장과 도발을 계속하고 있다. 이전에는 주로 북핵·미사일이 미국을 향한 것이라면 최근에는 대놓고 남한을 겨냥하고 있음을 숨기지 않고 있다.

이에 따라 남한과 주사파들의 대응도 달라지고 있다. 대표적인 사람이 한호석이다. 앞서 이야기했지만, 군자산에서 진행된 정치회합의 메인 연사로 예정되어 있던 사람이다. 한호석은 『자주시보』에 게재한 글에서 아래와 같이 주장한다. 내가 설명하는 것보다 원문을 소개하는 것으로 충분할 듯하다.

"조선로동당 중앙군사위원회가 선포하는 전시태세는 '남반부 해방전쟁'에 돌입하는 단계를 말한다. 지난날 조선에서는 이 전쟁을 '조국해방전쟁'이라고 불렀고, 오늘날에는 이 전쟁을 '남조선 해방전쟁' 또는 '조국통일대전'이라고도 부른다.

…

조선의 시각에서 보면, '남반부 해방전쟁'의 목적은 윤석열 정권과 한미련합군을 제거하고 영토완정을 실현하여 조국통일의 결정적 국면을 열어놓기 위함이다." (출처_http://www.jajusibo.com/62481)

결국 주사파의 운명은 근본적으로 북한에 대한 입장에서 갈리는 듯하다. 주사파란 결국 북한을 주어로 하는 정치적 견해를 뜻하기 때문이다. 현 정세에서 북한의 입장을 수미일관하게 옹호한다면 결국 위의 한호석과 같은 입장에 서게 될 것 같다.

5

끝으로 군자산의 약속과 현재의 민주당의 관계에 대해 말해야 한다.

군자산의 약속이 북한과 주사파 사이의 골방을 벗어나 광장으로 나올 수 있었던 것은 첫째, 통합진보당을 구성했던 유시민, 심상정, 노회찬, 둘째, 2012년 4월 총선에서 야권연대와 후보단일화에 동의했던 민주당 때문이다.

유시민, 심상정, 노회찬은 2012년 무렵 정치적 궁지에 있었고 통합진보당의 주류가 주사파임을 알고서도 통합진보당 결성에 동의했다. 주사파를 흔히 종북이라 부르는데 이는 2000년대 초반 PD 일부에서 나오는 NL, 주사파를 경멸적으로 부르는 호칭이다. 주사파를 종북이라 부르는 것은 나름 적절한 표현이다. 2000년대 초반 주사파가 보통의 운동권이 아니라 북한에 충성하는 종북이라는 점이 운동권에서 제기·확산되고 있었다. 정상적이라면 이런 경향이 강화되어 운동권에서 종북적 성향을 주변화·지엽화 되었어야 한다. 유시민, 심상정, 노회찬의 무원칙한 타협은 이런 경향에 쐐기를 박았다.

2012년 4월 민주당과 통합진보당의 야권연대는 통합진보당·주사파에 날개를 달아 주었다. 이로써 이석기, 이상규, 김미희 등 민혁당 멤버였던 골수 주사파들이 국회의원이 될 수 있었다. 이 역시 유시민, 심상정, 노회찬과 동일하다. 서울대 72학번 골수 운동권이었던 이해찬이 이를 모를 리 없기 때문이다.

6

여기서부터는 가설이다. 80년대 중반 우리는 모두 운동권이었고 운동권의 공통분모는 혁명이었다. 나라를 통째로 뒤집는 것이었다. 김대중-노무현 정부 하 운동권은 기존 정치인, 관료 등과 연합정부를 구성하고 있었고 나름 절제와 균형을 유지하고 있었다.

2000년대가 되면서 고삐가 풀렸던 것 같다. 촛불혁명, 20년 집권론 등 용어는 조금씩 달라졌지만, 그 모두를 관통하는 것은 세상을 근원적으로 뒤집자는 것이었다. 세월호, 박근혜 탄핵, 문재인 정권의 출범 등이 유력한 정치적 계기였고 민주당 정치인들, 운동권 물을 먹은 40~50대 다수가 핵심 플레이어였다.

그렇게 보면 2000년대 20년 이상 정치적 격변의 소용돌이 속에 있다. 군자산의 약속은 그러한 정치적 격변의 작은 고리에 해당하는 것 같다.

그래야 다음과 같은 일들이 설명이 된다. 2012년 4월 지역구 선거에서 통합진보당은 이상규, 김미희, 오병윤, 김선동, 심상정, 노회찬, 강동원이 당선되었다. 이 중 이상규와 김미희, 오병윤, 김선동은 경기동부이고 이상규는 민혁당 관련자이다.

“

2000년대가 되면서 고삐가 풀렸던 것 같다. 촛불혁명, 20년 집권론 등 용어는 조금씩 달라졌지만, 그 모두를 관통하는 것은 세상을 근원적으로 뒤집자는 것이었다. 세월호, 박근혜 탄핵, 문재인 정권의 출범 등이 유력한 정치적 계기였고 민주당 정치인들, 운동권 물을 먹은 40~50대 다수가 핵심 플레이어였다.

2부 한민전

“

64년 3월 통혁당 서울시당 준비위원회가 결성되었다. 통혁당은 46년 대구 10월 폭동에 가담했던 김종태를 수반으로 김질락과 이문규 등 서울대 문리대 및 상대 등, 전후 엘리트들을 중심으로 결성되었다. 통혁당은 결성된 지 4년만인 68년 중앙정보부에 의해 검거·와해되었다.

프롤로그

1

64년 3월 통혁당 서울시당 준비위원회가 결성되었다. 통혁당은 46년 대구 10월 폭동에 가담했던 김종태를 수반으로 김질락과 이문규 등 서울대 문리대 및 상대 등, 전후 엘리트들을 중심으로 결성되었다. 통혁당은 결성된 지 4년만인 68년 중앙정보부에 의해 검거·와해되었다.

여기서 기묘한 일이 벌어진다. 북한은 69년 와해된 통혁당이 마치 살아 있는 것처럼 통혁당 결성을 선언하고 통혁당 선언과 강령을 발표했다. 그리고 이를 해주에 있는 통혁당 목소리 방송을 통해 발표했다.

나는 86년 무렵부터 몇 년간 한민전 방송을 듣곤 했다. 한민전 방송은 깨끗한 서울말로 시작해 서울말로 끝났다. 방송 말미에는 "여기는 서울입니다"라고 밝히곤 했다. 몇 년 지나 한민전 방송이 북한이 운영하던 방송임을 알고 그것이 서울이 아니라 북한 해주에서 송출된다는 점을 알게 된 후에도 그것이 남한에서 송출하는 방송인 것처럼 착각이 들 정도였다. 이를 위해 북한은 의도적으로 남한 사람들을 활용하거나 심지어 납치하기도 했다.[1)]

주 1)

오길남은 80년대 중후반 이느 시점에 알았던 것 같다. 당시는 오길남 씨가 통혁당·한민전 요원으로 한민전이 남한에 뿌리를 둔 전위당이라는 점을 긍정적으로 평가하는 관점에서 그에 대해 이야기했던 것 같다.

위키에 나온 그의 이력은 다음과 같다. 아마 **밑줄친** 부분이 한민전 경력이다.

오길남(吳吉男, 1942년 ~)은 대한민국의 전 경제학자이다. 1970년, 서울대학교 독어독문학과를 졸업하고 1985년에 독일 브레멘 대학교에서 경제학 박사를 취득했다. 독일에서 반한 운동과 사회주의 추종을 열심히 했던 까닭에 북한의 눈에 들었고 유럽 거점 북한 공작원에게 포섭되어 1985년 12월 13일 가족과 함께 입북, 북한에서 대남흑색선전 담당 공작원이 되었다. 1986년, 공작원으로 독일에 파견되다가 덴마크 코펜하겐에서 탈출했다. 6년 동안 가족의 송환을 시도했으나 실패하고 1992년에 주독일 대한민국 대사관에 출두하여 자수했다. 직후 아내 신숙자와 두 딸은 15호 수용소에 수용되었고, 신숙자와 두 딸의 생사 여부는 현재까지 묘연하다.

2

85년 북한은 통혁당을 한국민족민주전선으로 이름을 바꿔고 그에 맞춰 민족자주선언과 강령을 발표했다.

한민전 창립과 더불어 북한은 두 가지 방향에서 집중적인 선전작업을 벌인다. 하나는 한민전이 한국 민중의 애국적 전위대라는 점, 그래서 남한 내부에 한민전과 구분되는 독자적인 지하당을 만들 필요가 없다는 점, 다른 하나는 고조되고 있는 민주화운동이 자주·민주·통일을 지향해야 하며 운동의 대중화가 중요하다는 점이다.

북한의 의도는 한민전을 통해 결정적으로 성공했다. 남한의 주사파는 불과 몇 년 만에 한국의 민주화운동권을 완전히 석권했다.

80년대 중반을 거치며 남한의 학생운동은 한민전을 전위조직이라 굳게 믿었고 스스로를 민족·민주·민중(삼민) 등으로 부르던 민주화운동은 몇 년 후 자신을 자주민주통일 또는 자민통으로 명명했다. 한민전이 강조했던 대중노선은 학생운동의 과격한 체질을 밀어내고 87년 6월의 거리에서 효과적으로 작동했다.

3

87년 6월항쟁 이후 남한에서 북한 노동당의 지휘를 받는 지하당 건설 작업이 시작된다. 민혁당과 중부지역당, 구국전위, 왕재산, 일심회 등이 그들이다. 90년대 지하당 건설 과정에서 노동당과 한민전 사이의 관계가 쟁점이 된다.

80년대 중후반 한민전을 전위조직이라고 하는 것은 노동당과 한민전이 주체사상을 공통의 사상으로 갖지만 노동당은 북한, 한민전은 남한을 관장하는 전위조직이라는 의미가 강했다. 그러나 민혁당과 중부지역당을 건설하는 과정에서 한민전은 간단히 무시되었다. 애초에 한민전을만든 것도 그것을 운영하던 것도 북한의 노동당이었기 때문이다.

민혁당 김영환, 중부지역당 황인오, 일심회 마이클 장에게 노동당과 한민전 사이의 관계, 그리고 그안에 담겨 있었던 80년대 중후반의 생각, 주체사상을 따르지만 북한의 노동당과 구분되는 남한 혁명을 책임지는 독자적인 신념과 지향을 갖는 독자당으로서의 한민전이라는 발상과 생각은 가뭇없이 사라졌다. 그들은 노동당에 입당하고 잠수정을 타고 평양에 가고 밀봉 교육을 받았다.

결국 한민전은 정확히 85년부터 김영환, 황인오, 마이클 장, 김덕

용이 입북하던 90년대 초반까지 존재했던 가상의 존재였던 것이다.

80년대 중후반은 전대협의 전성기였다. 우리는 그야말로 한민전을 끼고 살았다. 전대협과 주사파 그리고 한민전은 80년대 중후반에서 90년대 중후반까지 사실상 동의어였다.

시간이 흐르고 흘러 한민전의 실체, 북한이 만들어낸 가짜라는 사실이 확인되었을 때 나는 고통스럽게 과거를 회상한다. 여러 날 한민전의 의미에 대해 자문하곤 했다. 나는 어느 날 혼잣말처럼 되뇌였다. 속된 표현이지만 현실을 반영하기 위해 그대로 옮긴다면

"북한이 우리를 가지고 놀았구나!"

반면 동고동락했던 동료, 후배들은 마치 한민전이 우리 역사에서 없었던 것처럼 반응한다. 운동권 몇몇이 남들 몰래 한민전 방송을 들었던 것이 아니다. 86년 서울대 운동권 대다수가 청계천에 단파 라디오를 사러 다녔고 80년대 후반~90년대 초반에는 한민전 방송을 채록한 녹취본이 학생회실에 버젓이 굴러다녔다.

한민전이 공룡처럼 어느 날 자취도 없이 사라진데는 나름의 원인이 있다. 그것은 난데없이 사라진 것이 아니라 나름의 기획과 목적을 가지고 은폐된 것이다. 그리고 그렇게 분장된 모습이 지금

우리가 보는 민주화운동이다.

본 기획의 목표는 과거의 정직한 복원이다. 그런 관점에서 보면 한민전은 반드시 거쳐야 핵심 쟁점이다.

60년대 중후반 서울대 출신의 고급 인텔리들이 사회주의 또는 친북성향을 갖고 반체제 활동을 했다. 그중 독일이 주된 아지트였던 것 같다. 대표적인 인물이 윤이상, 송두율 등이다. 통혁당·인혁당 등에 연루된 지식인들도 넓게 보면 그러하다. 70년대부터 남북한의 궤적이 달라지면서 60년대 지식인들의 꿈은 헛되이 사라졌다.

결국 한민전 방송이 깨끗한 서울 말씨를 구사했던 것은 60년대 혁명을 이끈 지식인들 때문이다.

박헌영과 남로당

1

87년 7월 한민전은 2주기 성명서를 통해 자신이 "한국 민중의 지향과 의사의 체현자이며 애국적 전위대"라고 밝혔다. 곧 전위당이라는 것이다. 한민전을 전위조직이라고 믿어야만 한민전 방송 문건이 민주화운동의 지침서가 될 수 있다. 한민전이 전위조직이라는 말에는 어떤 의미가 있을까.

2

민주주의 사회에는 다양한 정당이 조직되어 활동한다. 이때의 정당은 공개·합법·제도 정당이고 다양한 정치세력이 공존하며 선거를 통해 권력을 획득하는 다원주의 사회의 대중정당이라는 의미이다. 이것이 우리가 알고 있는 정당의 의미인데 보통 전위정당이라고 할 때는 이와는 다르다.

러시아 혁명을 성공시킨 레닌은 이런 형태의 정당으로는 혁명이 성공할 수 없다고 봤다. 짜르 치하에서는 공개·합법적인 활동이 불가능했고 비합법 활동을 능숙하게 진행하기 위해서는 소수의 활동가가 중심이 되어 합법·반합법·비합법 활동을 결합한 전위정당이 필요하다고 봤다.

한국 민주화운동은 4·19 이후 사회주의권의 정치이념과 원리를 받아들였다. 특히 5·18 이후에는 거의 레닌주의로 통일되었다. 레닌은 1902년 「무엇을 할 것인가?」라는 팸플릿에서 전위당을 만들 것을 제안한다. 레닌의 이 저작을 영어 제목을 빌려 「what is to be done」, 더 줄여 'to be done'이라 불렀다. 'to bo done'은 1980년대 중반 그야말로 운동권 학생들의 교과서였다.

84년 필자가 학교에 입학했을 무렵에는 낭만적이고 농촌적인 성향이 짙게 남아 있었다. 우리는 학교 근처 술집에서 주로 농민가를 부르며 우정과 결의를 다지곤 했다. 이념과 지향도 인간해방, 민중해방과 같은 모호하고 애매한 것이었다. 대체로 진보적 지식인이었다고 볼 수 있다.

85년 필자가 2학년이 되면서 분위기가 달라졌다. 일주일에 한 번 정도 가두시위가 있었다. 가두시위 또한 돌과 화염병이 결합된 이른바 폭투(폭력투쟁)였고 폭투도 노동자 대중을 겨냥해 구로공단 등 노동자 밀집지역에서 진행되었다. 그러한 변화의 배경이 되었던 것이 레닌-전위당-혁명이었다. 학생들은 스스로를 혁명가로 자처하곤 했다.

85년 가을 나는 동료들과 술을 마시고 있었다. 이제 2학년이었던 학생들 중 다수가 레닌을 흉내내곤 했다. 우리는 장난 반 진담 반 파출소를 습격하고 교련 시간에 "군사훈련을 잘 받아야 한다"는 등의 농담을 주고받았다. 술자리의 취담 같은 것이었지만 그들 중 일부가 85년 하반기 전위조직에 실제로 연루되기도 했다.

레닌은 혁명에 앞서 준비해야 할 다양한 준비물 중 첫 번째로 전위당을 꼽았다. 한민전에 이르는 과정에서 레닌이 남긴 결정적인 유산은 바로 이것, 운동의 시작과 중심에 전위당을 둔 것이다.

3

85년말 레닌의 전위당을 모방한 다양한 시도들이 있었다. 85~86년 무렵 있었던 전위조직·혁명조직의 논의는 주로 러시아 혁명과 레닌을 염두에 둔 것이었다. 86년 주체사상이 도입되면서 새로운 문제가 제기되었다.

그렇다면 주체사상에 기초한 전위당은 무엇인가? 주체사상에 기초한 전위당에 제기된 또 다른 문제는 이미 북한에 조선노동당이 있는 조건에서 새롭게 만들 전위당이 조선노동당과 어떤 관련을 갖는가였다.

다양한 쟁점 중 1차적인 문제는 박헌영 문제였다. 박헌영은 1900년생으로 경성고보(지금의 경기고)를 졸업한 인텔리로 1925년 조선공산당을 창건한 경력을 가진 한국공산주의운동의 산증인이라면, 그보다 12살 어린 김일성은 만주 길림에서 중학교를 졸업한 변두리 혁명가였다.

김일성이 박헌영을 미제의 간첩으로 몰아 처형했는데 이 사실을 뒷받침할 만한 뚜렷한 증거가 없었다. 상식적으로 보면 정치투쟁의 산물이라고 보는 것이 타당했다. 따라서 전위당과 조선노동당 사이의 관계는 박헌영과 남로당에 대한 태도와 밀접한 관련을 갖고 있었다.

필자가 활동했던 범민련 남측본부에는 남로당, 민자통 등 구좌익 활동가들이 많았다. 나는 그들과 매우 가까이 지냈고 그들로부터 빨치산 활동, 북한과의 통일에 대한 태도를 옆에서 지켜볼 수 있었다. 개중에는 박헌영과 남로당 문제도 포함되어 있었다. 다음의 내용은 수많은 경험속에서 종합한 것이다.

먼저 김일성과 북한에 대한 충성심은 확고했다. 이건 남한에서 태어나 성장한 남한의 자생 주사파와는 차원이 다르다. 그들은 북한에서 하듯 김일성을 모욕하거나 그 권위를 훼손하는 행위를 참지 않는다.

한번은 범민련 관련 책자를 내는데 김일성·김정일과 관련한 사소한 오타가 났다. 평소에는 인자하던 70~80살의 노인들이 정말 불같이 화를 내는 장면이 기억난다. 덕분에 우리는 오타가 난 책자 전체를 폐기하고 다시 제작했던 기억이 있다.

특이한 것은 그렇다고 박헌영이 미제의 간첩이기 때문에 김일성에 대한 충성심에 비례하여 박헌영에 대한 적개심을 갖고 있지는 않아 보였다. 이와 관련해 김정강 씨가 신동아에 기고한 글에 박헌영에 대한 관련 증언이 있다. 나는 이것이 사실에 부합한다고 본다.
(https://shindonga.donga.com/society/3/02/13/106463/9)

김정강의 회고를 그대로 소개하면 다음과 같다.

김정강은 6·3 사건에 연루되어 60년대 중반 대전교도소에 수감되었는데 "특별사 좌익수 최고 서열로서 남로당 경북 봉화군당 위원장 출신의 남파 정치공작원 권상출(權相出)에게 내가 당시 중요한 화두로 삼고 있던 '박헌영 문제'를 물어보았다."

"내가 박헌영 문제를 처음 물었을 때 권상출은 단호히 '박헌영은 일제와 미제의 고용 간첩이다. 우리 남로당 출신들은 그를 받들고 다녔던 것을 수치로 알고 반성해야 한다'고 했다. 그날은 더 이상 의문을 제기해볼 수조차 없을 정도로 엄중한 태도였다."

그런데 나중에는 "그는 한숨을 쉬며 '그래 말이다. 박헌영이 큰 과오를 범했어. 수령이 젊어도 포용력이 크고 멀리 보는 눈이 있는데 공화국 부수상 겸 외상에 당 제1비서 시켜줬으면 된 거 아니가. 2인자 아닌가. 꼭 1인자를 해야 했나. 수령이 비록 젊더라도 포용력이 있으니까 받들고 나갔으면 인민과 공화국을 위해 자기의 높은 경륜을 모두 펼칠 수 있었을 것 아닌가. 자기가 수령보다 높은 데 있는 체하고, 심지어 쿠데타 음모까지 했으니 결국은 겉똑똑이고 못난이지 뭐'라고 했다."

김정강은 다시 "권상출은 끝까지 말로는 박헌영을 비난했다. 그러나 표현은 그렇게 했지만 박헌영을 간첩으로 보고 있지는 않았을 뿐만 아니라, 그 어투에는 어쩔 수 없는 경모(敬慕)의 정이 흐르고 있었다."

전체적으로 보면 남로당 관련자를 비롯한 구좌익 전체는 김일성·공화국(북한)·당에 대한 열렬한 충성심을 갖고 그 연장선에서 박헌영을 처형한 당의 결정을 사수하려는 태도를 갖되 그렇다고 박헌영이 미제의 간첩이라는 사실을 액면 그대로 믿지는 않는 분위기였다고 본다.

김정강의 증언은 내 경험과도 대체로 일치한다.

박헌영 문제와 관련하여 가장 중요하고 논쟁적인 인물은 김남식이다. 김남식은 남파된 뒤 검거 후 전향했고 관변 연구소에서 연구와 집필활동을 한 것으로 알려져 있다. 84년 『남로당 연구』라는 책을 썼고 80년대 이후 진보적인 문필활동을 했다.

나는 김남식과 적어도 3갈래에서 접촉이 있었다. 첫째는 80년대 후반 한국 현대사를 전공하는 진보적 학자들의 만남, 둘째, 80년대 후반 범민련 활동, 셋째, 90년대 후반 인터넷 언론사를 통한 간접적인 만남이다. 사람들은 김남식을 거의 모르지만 나는 뜻하지 않게 매우 중요한 맥락에서 김남식과 접점을 갖고 있었다.

결론적으로 김남식은 풍부한 학식과 인격을 갖춘 노숙한 혁명가라는 느낌을 받았다. 그가 해준 많은 말들 중 지금도 남아 있는 특별한 기억은 박헌영에 관한 것이다. 그에 관한 다양한 증언을 종합하면 그는 단순한 연구자·학자가 아니라 박헌영의 영향력을 남한 운동에서 제거하는 것을 중요한 임무로 삼았던 북한의 스파이였다. 이를 그대로 받아들인다면 북한은 위장 간첩을 파견하면서까지 박헌영·남로당 문제를 중시하고 있다는 점을 기억해 둘 필요가 있다.

80년대 서울의 대학을 중심으로 전후 좌익, 자생 주사파가 태동할 때 이를 과감히 주장한 것이 김영환이다. 김영환은 강철서신 시리즈 중 『우리는 간첩 박헌영으로부터 무엇을 배울 것인가』에서 박헌영이 미제의 간첩이라고 단언했다.

86년 봄 어느 날 나는 친구로부터 박헌영에 관한 이야기를 들었다. 85년까지 우리의 주된 관심사는 러시아 혁명사였다. 따라서 조선 공산주의 운동이나 박헌영에 대해서는 아는 바가 많지 않았다. 그럼에도 대부분 북한에서 박헌영이 처형된 것은 그가 간첩이었기 때문이 아니라 김일성과의 권력 투쟁 때문이었다고 생각했다.

김영환의 다양한 주장 중에서 주체사상·반미·혁명적 대중조직 등 상당수가 학생사회에서 받아들여졌지만 박헌영이 간첩이라는 주장은 거의 받아들여지지 않았다.

북한이 박헌영 문제를 중시했지만 80년대 중반 시점에는 박헌영 문제가 혁명과 사회운동의 근간을 흔들만한 문제는 아니었던 것이다. 우리는 박헌영이 미제의 간첩이라는 주장은 한 귀로 흘리고 나머지 대부분의 주장을 수용하는 절충적인 입장을 가진 채 주체사상·북한의 주장을 받아들였다.

김남식의 입장도 대체로 그러했다. 김남식은 박헌영 문제를 건드리지 않은 채 남로당 문제를 통해 우회적으로 목적을 실현하려 했다. 김남식은 84년 남로당 연구, 86년 박헌영 노선 비판등을 썼는데 김남식의 이 주장이 앞에서 말한 진보적 소장 학자들, 학생운동권에 수용되었다.

요지는 박헌영이 미국에 대한 환상을 갖고 있었고 46년 가을 이후 무리한 투쟁을 남발하여 역량을 소진했으며 남로당 결성 과정에서 분파적인 태도를 보였다는 점이다.

돌이켜 보면 김남식의 주장은 목적이 뚜렷한 주장이었다. 표면적인 이유는 남로당을 비판하는 것이지만 그가 궁극적으로 하고 싶었던 것은 그래서 김일성과 북로당이 옳다는 것이었다.

김남식의 주장 중 박헌영과 남로당 노선 비판은 효과적으로 작동했다. 80년대 중후반을 거치며 한국의 운동권은 김남식과 거의 같은 생각을 하기 시작한다.

『해방전후사의 인식』 1권이 출간된 것이 79년이다. 『해방전후사의 인식』은 주로 한국 현대사와 해방전후사의 인식을 다룬 것이었다. 반면 80년 중반까지 학생운동의 주류는 서울대 PD였다. 서울대 PD는 주로 막스·레닌주의였다. 따라서 85년 무렵까지 한국 현대사·해방전후사의 인식은 상대적으로 곁가지에 불과했다.

86년 구학련과 주체사상이 전면화되면서 해방전후사가 중심으로 부상한다. 그럼에도 우리들의 수준은 일천했다. 2학년 또는 3학년 때가 돼서야 미국과 일본의 학자들, 이를테면 스칼라피노, 와다 하루키 등이 쓴 『조선 공산주의 운동사』 같은 책들이 출간되었다. 이들 책에는 1920년대 박헌영과 조선공산당의 역사를 중심으로 기술되고 김일성 등은 주변부였다고 기억한다. 그 모든 것들이 그런 사실이 있었음을 소개하는 식이었다.

86년을 거치며 해방전후사·공산주의 운동사는 극적으로 비약하기 시작한다. 여기에는 운동권 뿐 아니라 소장 학자들도 적극적으로 가세했다. 소장 학자들은 실은 70년대 운동권 중 이른바 공부를 통해 운동에 기여하기로 마음먹고 대학원 등에 진학했던, 사실상의 '운동권'이었다.

불과 몇 년 사이에 새로운 사실을 넘어 운동에 대한 적극적인 평가가 이뤄진다. 요약하면 남로당은 틀렸고 김일성과 김일성 중심의 항일투쟁이 옳다 정도로 정리할 수 있다. 논쟁이 운동권에 한정되지 않고 소장 학계를 포괄하는 형태로 진행되었기 때문에 김일성이 옳다는 이야기를 함부로 하기는 어려웠다. 따라서 김일성을 두둔하기 위해 김일성에 대해 말하지 않으면서 박헌영과 남로당이 터무니없이 틀렸다는 식으로 진행되었다.

주사파가 부상하면서 과도하게 폄하된 인물이 둘 있다. 하나는 이승만 전 대통령이고 다른 하나는 박헌영이다. 그리고 그런 평가의 목표는 결국 김일성과 북한을 부각시키는 데 있었다. 박헌영 논쟁은 주사파로 가기 위한 위장 논쟁이었던 것이다.

운동의 적통은 누구인가?

1

1960년 4·19가 있었다. 학생운동은 4·19 이후 본격 성장했다.

논리적으로 본다면 4·19는 두 가지 경향으로 분화될 수 있었다. 하나는 4·19를 민주주의로 보고 조국의 근대화·성장발전의 맥락에서 파악하는 것이다. 실제 한국사는 그렇게 진전했다. 일련의 우여곡절에도 한편에서 민주주의가 발전하고 다른 한편에서는 경제성장·사회문화적 발전 등이 이뤄진 것으로 볼 수 있다.

다른 하나는 민주주의는 이루어졌지만 한국의 내재적 발전을 통해서는 민주주의를 완성할 수 없다고 보고 조국 통일과 같은 새로운 정치적 계기를 중시하는 입장이다.

돌이켜 보면 전자가 4·19의 주류였던 것 같다. 필자는 최근 새롭게 4·19 운동의 주역 등을 만나 그들의 이야기를 들을 수 있었다. 이**, 류** 등이다. 이들의 증언을 종합하면 4·19 운동을 주도했던 신진회 등의 조직은 사민주의 정도를 이념으로 갖고 있었다고 한다. 사민주의를 이념으로 한다면 반미통일과 같은 급진 이념과 결합되기 보다는 한국 사회를 내적으로 성장시키는 것을 기본으로 둔다.

반면 운동권은 후자와 같은 경향으로 발전했다. 60년대 한일협정을 격렬히 반대하고 70년대 이후에는 사회주의적 성향을 발전시킨다. 이들은 근대화의 관점에서 제도권으로 진출한 4·19의 주역들을 변절자로 몰아붙이고 운동의 역사에 대한 계보를 새로 썼다. 60년 4·19와 61년 조국 통일운동 그리고 61년 5·16에 의해 통일운동이 좌절되었기 때문에 이후 운동은 이 계보를 계승해야 한다는 스토리가 그것이다.

2

1980년대 중반 나는 운동권에서 주로 내포적 공업화의 관점에서 한국경제를 배웠다. 주로 변형윤, 박현채 등의 생각이었다. 이에 따르면 북한의 경제협력 또는 조국 통일운동은 경제발전의 핵심적인 요소가 된다. 운동의 계보 또한 당연히 민주화운동으로서의 4·19, 그것을 최종적으로 완성하는 운동으로서의 조국 통일운동이 된다. 80년대 중반 격렬한 반독재투쟁을 진행하면서 우리는 다른 한편에서 민족자립경제·남북경제협력·사회주의권 경제블록과 같은 생각을 갖고 있었다.

87년 6월항쟁이 끝나고 88년 학생운동이 조국 통일운동을 중심으로 제기한 것도 위와 같은 정세 인식 때문이었다. 민주주의는 그 자체로 완성될 수 없고 그것은 자주나 통일에 의해서만 궁극적으로 실현될 수 있다는 생각이 기저에 있었다.

실제로 내가 그랬다. 나는 87년 인문대 학생회장일 때 간혹 사회를 보거나 연설을 하면서 87년 반독재투쟁이 끝나면 그다음 단계에서는 조국 통일운동이 진행되어야 한다고 주장하곤 했다. 비단 나만 그런 것이 아니라 당시 학생운동 전체가 그런 생각을 갖고 있었다. 이는 4·19 이후 61년 통일운동으로의 성장이 역사의 주류이고 5·16에 의해 그것이 좌절되었고 우리는 통일운동을 통해 민주주의 운동을 완성하고자 했던 선배들의 뒤를 따라야 한다는 생각 때문이었다.

3

80년 5·18 이후 학생운동이 급진화되기 시작했다. 학생운동은 레닌의 전위당 건설 주장이 대세를 이루고 있었다. 자연스럽게 혁명조직들에 대한 관심이 높아졌다.

70년대 선배들의 증언을 종합하면 학생운동이 있고 학생운동 주변에 좌익물을 먹은 사람들이 간간이 섞여 있었던 것 같다. 통혁당이나 인혁당 재건위, 남민전 등이 그들이다. 신영복·김남주·홍세화 등이 그런 사람들이다.

그러나 이들은 운동의 사이드였던 것 같다. 80년대 중후반 학생운동을 급진적으로 재구성하기 시작한 운동권은 운동의 주류와 지류를 뒤바꾸기 시작한다. 이 과정에서 통혁당과 인혁당, 남민전이 역사의 주류로 떠오르기 시작한다.

그중에 기억나는 것은 검찰 등에서 발표한 공안사건을 묶어놓은 책, 『공안사건실록』이다. 이 책에는 통혁당·남민전·인혁당에 대한 기록들이 있었고 우리는 이 책 등을 보며 공안사건에 대한 생각을 재정의하기 시작했다.

민주주의 운동이 자주와 평화, 남북경제협력과 사회주의 경제블록과의 협력을 통해 발전하는 것이라면 민주주의를 넘어 지하당을 만들고 혁명을 하고자 했던 사람들은 공안사범이 아니라 혁명가 우리 운동의 참다운 선배였던 것이다.

정리하자면 80년대 초중반 다음과 같은 작업들이 있었다. 첫째, 레닌의 전위당 이론에 따라 당면 운동은 전위조직의 지도를 받아야 한다. 이 맥락에서 『러시아 혁명사』, 『중국 혁명사』 등 각국의 혁명사와 혁명이론에 대한 책들이 봇물 터지듯 쏟아져 나왔다. 둘째, 은연중에 우리 운동의 전통은 4·19와 근대화가 아니라 4·19와 조국 통일로 정리되었다. 셋째, 이전 시기 활동했던 혁명조직들에 대한 관심이 커져 갔고 넷째, 남로당과 박헌영에 대한 비판을 통해 주체사상과 김일성에 대한 우호적인 생각이 확산되었다.

민주주의와 구분되는 전위당·좌익운동에 대한 우호적인 태도가 폭넓게 형성되는 가운데 그중 하나인 한민전을 전위조직이라 주장하는 주사파가 출현한다. 주사파는 여러 가지 맥락에서 정의할 수 있다. 그러나 내 경험에 비추어 보면 주사파는 '한민전을 믿고 따르는 아이들'이라 정의하는 것도 좋을 듯하다.

4

그 과정에서 공안사건 관련자들을 영웅시하는 풍토가 자라났다. 그 과정에서 회자되었던 대표적인 인물이 이재문, 김남주, 안재구, 신영복 등에 대한 판타지가 형성되기 시작했다.

먼저 소개할 사람은 남민전 총책 이재문이다. 우리는 모두 남민전을 유신 말기 전위조직을 건설하여 대담하고 용감하게 싸웠던 혁명조직이라 높이 평가하고 수반인 이재문을 추앙하는 분위기가 있었다. 남민전에 가담한 바 있는 홍세화는 95년 출판된 책 '나는 빠리의 택시운전사'에서 이재문과 관련된 일화를 소개한다.

홍세화는 70년대 후반 삐라 살포 투쟁에 대해 …

"9인 1조가 되어 키 큰 세 사람이 어깨를 붙이고 앞장을 섰고 그 바로 뒤에 또 세 명씩 줄을 서, 밭전 자의 형태로 걷다가 한가운데의 키 작은 사람이 삐라를 뿌리고 신호에 따라 뿔뿔이 흩어졌다."

9인 1조로 삐라 살포를 하는 장면도 황당했지만, 무엇보다 그 안에 이재문이 있었단다.

이재문은 80년대 후반 학생운동에서 떠오르는 영웅이었다. 우리는 자주 80년 광주가 터졌을 때 남민전과 같은 조직이 있었다면 어땠을까? 한탄을 하곤 했다. 그로부터 몇 년이 지나 홍세화로부터 전해 들은 이재문은 사뭇 다른 모습이었다.

전위당의 책임자가 거리에서 삐라 살포 투쟁을 한다? 뭔가 아귀가 맞지 않는 모습이었다. 이재문의 기이한 행보는 그외에도 여러 가지 있었다. 이재문이 연행될 당시 아지트에는 여러 사람이 같이 도피 중이었고 이재문은 조직의 기밀문서를 여러 명의 수배자가 함께 기거하고 있는 아지트에 보관하고 있었다.

이재문은 용의주도한 혁명가라기보다는 신경증 환자와 같은 모습을 갖고 있었다. 70년대 후반을 묘사한 기록들에도 비슷한 모습이 보인다. 70년대 중반 유신체제가 정점으로 치닫는 조건에서 한국 사회도 극점으로 치닫고 있었다. 당시 학생운동가들의 기록들을 보면 70년대를 마치 묵시록이나 지옥처럼 묘사한다. 이재문과 남민전도 그랬을 것이다. 이재문과 남민전의 영웅적인 투쟁은 혁명조직의 대담함이라기보다는 시간과 공권력에 쫓기는 초조함의 산물이었다.

안병직은 이재문에 대해 이런 기록을 남겼다.

"더욱이 남민전이 운동권 사람들을 놀라게 했던 것은 이재문의 기이한 행동이었습니다. 일반적으로 당시의 좌익운동단체는 상황이 지극히 위험한 조건 하에서 자기 조직에 관한 기록을 최소화하든지 가능하면 문건을 만들지 않고 필요한 사항을 암기하도록 하는 것이 일반적인 경향이었는데 이재문은 이와는 달리 조직과 강령 등에 관한 기록 등을 소상히 정리하여 타임캡슐처럼 지하에 묻어 두었다가 수사 과정에서 발견되었습니다.

그들은 강령·규약·선서문 및 전사생활규범 10조뿐 아니라 '김일성에게 보내는 보고문,' '위대한 수령 김일성 동지께' 라는 신년하례전문도 깨알같이 정리하여 보관하고 있었습니다. 심지어는 혁명에 성공하면 중앙청에 내걸 전선기(인혁당 사형수의 내의로 만들었다고 함)까지 만들어서 보관했습니다. 당시에 일반사람들까지도 어떻게 저런 어처구니없는 짓을 하는가 하고 의아해할 정도였습니다(한국민주의의 기원과 미래, 시대정신, 안병직 편)."

결정적인 인물이 신영복이다. 80년대 중반 학생들은 남한의 좌익운동을 자신의 선배로 삼기 시작했다. 그중 첫 번째가 통혁당이다. 통혁당은 우리가 전위조직이라 생각한 한민전의 전신이기 때문이다. 따라서 통혁당은 그야말로 다양한 좌익운동 중에서 적자 중 적자였다.

신영복은 통혁당에 참가했던 사람 중 하나로 서울대 상대 출신의 최고위급 혁명가였다. 따라서 그의 출소 전부터 신영복에 대한 관심이 운동권에 집중되었다.

먼저 말할 것은 신영복이 전향 장기수였다는 점이다. 신영복의 전향이 진짜인가 위장인가에 대한 논란이 있었지만 당시 분위기로는 진짜이든 위장이든 전향을 했다는 사실만으로도 무언가 결격이 있는 인물이었다. 특히 99년 8월 2000년 남북정상회담을 앞두고 63명의 비전향장기수가 북한으로 돌아간 상황임을 고려하면 운동권의 관심은 비전향장기수에 가 있었다. 따라서 전향을 한 신영복은 주사파 운동권 주류로부터는 다소 비켜 서 있었다.

흥미있던 것은 운동권의 주류가 아닌 사이드에서 신영복에 대한 신화가 피어오른 점이다. 주로 지식인, 정치인, 연예계 그리고 문재인 대통령이다.

솔직히 말하면 신영복에 대한 사람들의 평가를 받아들이기 어렵다. 그의 여러 책들을 읽어 보기는 했지만 유려한 문장은 평가할만 하지만 그의 사상은 별 것이 없다. 이건 리영희에 대한 평가와도 같다. 리영희도 사상의 은사와 같은 과도한 칭찬을 하는 경우가 많은데 그가 70년대 베트남 전쟁이나 중국에 대한 날카로운 평론을 하는 것은 맞지만 중국의 모택동 치하의 중국을 우호적으로 평가하는 장면은 시대착오적이다. 신영복의 휴머니즘론 또한 전통 유교·동아시아 사회주의 등을 배경으로 한 것으로 볼 것이 없다고 본다.

신영복·리영희 등을 대단한 사상가라고 생각하는 운동권 사람들을 보면 왠지 낯설다. 70~80년대는 그렇다 치고 90년대 초반 사회주의가 망한 조건에서도 신영복·리영희 등을 사상가 운운하며 과찬하는 모습은 운동권이 90년대 이전 자신의 사상을 넘어설 지적 역량이 부족하다는 생각이다.

흥미있던 것은 신영복에 대한 또 다른 증언이나 평가이다. 안병직의 평가와 앞서 소개한 4·19 주역들의 평가가 있을 수 있다. 이 중 가혹한 것도 있다. 위 안병직의 글에 나오는 신영복도 그러하다. 그리고 이는 60년대 통혁당에 대한 역사적 평가와 긴밀히 연동되어 있다.

4·19를 전후하여 4·19+근대화, 4·19+급진주의 중 하나를 택할 수 있다. 이 중 통혁당은 후자의 길을 선택했다. 실제 벌어진 일은 전자가 역사의 주역이지만 80년대 중후반의 학생들은 후자를 역사의 주류로 심지어 그들이 혁명의 적자라 착각했다.

흔히 좌익운동을 통혁당 계열과 인혁당 계열로 나누는 경향이 있다. 둘 다 친북적이었지만 전자는 밀입북, 자금수수 등 북한의 직업 연계를 중시했다면 후자는 북한과의 연계보다는 남한 내부에서의 활동을 중시했던 것 같다. 북한과의 연계를 중시한 집단은 조직의 안정성을 중시해 활동이 떨어지는 반면 활동의 적극성을 강조한 세력은 상대적으로 북한과의 연계를 강조했던 것 같다.

결국 역사는 기록을 남긴 자의 것인지도 모른다. 북한과의 연계를 위해 기록과 증거를 많이 남긴 통혁당이 1980년대 후배들에게 보다 많은 영감을 준 반면 기록이 작은 인혁당 계열은 제대로 된 흔적을 남기지 못했다.

1960년대 4·19 운동을 급진적으로 재해석하고 심지어 북한과 연계하여 추진하려 했던 성질 급한 모험주의 청년들이 긴 역사의 궤적에서 살아남았고 1980년대 중후반 주사파 학생들은 이들을 스토리로 한 제멋대로의 혁명 서사를 남긴다.

대중노선

1

86년 봄 나는 3학년이었다. 학교 분위기는 확연히 달라지기 시작했다. 농민가를 부르던 낭만적인 대학생들이 사라지고 치기어린 혁명가들이 교정을 휩쓸었다. 목소리를 높여 레닌과 러시아에 대해 말하던 학생들은 이젠 조선혁명과 한민전 방송에 대해 떠벌이기 시작했다.

혁명에 대해 떠들었지만 혁명다운 신중함과 용의주도함은 찾아보기 어려웠다. 시간이 흘러 흘러 내게도 기회가 왔다.

5동 잔디밭에서 쉬고 있던 중 알고 지내던 A가 말을 걸어 왔다. 녀석은 직설적으로 NLPDR(민족해방인민민주주의혁명론, 주사파의 혁명이론이고 주사파를 부르는 NL이 여기서 나왔다)을 표방하는 구국학생연맹(구학련)을 소개하기 시작했다. 당시 나는 3학년이었고 나는 그런 류의 제안에 익숙했다.

구로 혹은 영등포의 허름한 자취방, 나는 미행을 의식하며 이리저리 골목길을 돌아 친구 녀석의 자취방에 도달했다. 3~4명 정도 참가한 작은 회합이었던 것 같다. 자취방, 메케한 총각 냄새 등 모든 것은 1~2학년 때와 다름없었다.

달라진 것은 분위기였다. 웃고 떠들던 익숙한 풍경은 사라지고 모임 시작 전부터 묘한 정적이 흘렀다. 이윽고 모임이 시작되고 선서와 묵념 비슷한 것을 했던 것 같다. 선서와 묵념의 정확한 워딩은 기억이 나지 않는다. 그러나 그것이 직접적이든 간접적이든 북한, 김일성과 연관되어 있음은 명백했다.

우리는 1년 전 이미 혁명에 대해 무수히 말했지만 그것은 술집에서뿐이었다. 반면 지금은 실전이었다. 나는 감당할 수 없는 무게감을 느끼며 모임에 간신히 적응하고 있었다. 마음속으로는 그만두어야겠다고 정리해 두고 있었다.

그로부터 며칠 후 아침 나는 자연대에서 진행된 구학력 관련

모임에 참석했다. 수십 명이 들어갈 수 있는 중규모의 자연대 강의실이었다. 강의실에는 평소 알고 지내던 84학번 수십명이 행사에 참가하고 있었다.

세상에 …

나는 그들 대부분을 이미 알고 있는 사이였다. 한 다리만 건너면 알 수 있는 3학년 학생들이 백주대낮에 한자리에 모여 모임을 했던 것이다. 행사 진행자, 발언자 모두 평소에 어느 정도 또는 가까이 지내던 사이였다. 역시 달라진 것은 분위기였다. 묵념과 선서 엄숙함과 결의를 자아내려는 형식적인 장치들이 그러했다.

돌이켜 보면 나는 겁이 많았던 것 같다. 처음 거리 싸움을 할 때도 친구들 중 몇몇은 처음임에도 흔쾌히 싸움에 참가한 반면 나는 여러 날 고민하며 선배들의 애를 태웠다. 구학련도 그러했다. 선서, 묵념 그리고 북한을 상징하는 다양한 장치와 은어들은 내가 감당하기 어려웠다. 나는 얼마 지나지 않아 구학련을 탈퇴했다.

2

대한민국 최초의 자생 주사파 조직인 구학련은 그렇게 만들어졌다. 구학련은 학교 안에서 수십 명을 규합하여 집회를 열 만큼 공개적이고 무모했다.

특별했던 것은 공안기관의 태도였다. 최근 당시 공안기관의 태도에 대해 전해 들었다. 공안기관은 주사파 조직이 학내에서 공공연히 만들어지는 것을 두고 이를 가만둘 수 없다며 전의를 밝히면서도 학생들이 한때의 치기로 그러는 것이니만큼 시간이 흐르면 달라질 것으로 믿고 과도하게 대응하지 말아야 한다고 생각했다고 한다.

구학련은 경솔하고 무모했다. 조직이 깨지는 것은 시간 문제였다. 주워들은 이야기지만 구학련 학생들도 그리 생각했다고 했다. 그들은 깨지는 것에 비례해 조직을 확대해 구학련이 깨지더라도 NL, 자민통 노선이 확대되면 된다고 생각했다고 한다.

실제로 그렇게 되었다. 86년 봄 서울대에서 만들어진 NL은 불과 6개월 여 만에 전국 대학으로 퍼져 나갔고 86년 하반기 무렵 전국애국학생투쟁연합(애학투련) 결성식을 기획할 정도였다. 애학투련은 각 대학의 NL 학생회와 투쟁조직들을 다 모은 연합조직으로 86년 10월 말 건대에서 출범식을 가질 예정이었고 경찰들은 건국대를 포위하여 애학투련을 해산·와해시켰다. 이것이 유명한 건대 사태이다.

3

건대 사건 후 새로운 NL 운동이 성장하기 시작한다. 이 흐름을 주도한 것이 고대와 반미청년회(반청)이고 그 연장선에서 전대협이 만들어진다. 반미청년회의 주역은 고대 82 조혁, 고대 83 안희정 등이다. 그렇다, 충남지사를 지낸 그 안희정이 맞다. 지금부터는 익숙한 사람들이 많이 등장한다. 이때 학생운동을 했던 사람들 중 일부가 나중에 유력 정치인이 된다. 안희정은 그중 한 사람이다. 반미청년회는 구학련과 같이 반미와 통일을 강조하는 NL이었지만 대중노선이라는 새로운 무기를 장착하고 있었다.

87년 봄은 유난히 가두시위가 없었다. 전두환 정권의 기세가 시퍼렇게 살아 있었고 NL이 확산되면서 무리한 가두투쟁을 자제하는 분위기가 있었다. 알 수 없는 전운이 87년 6월을 향해 치닫고 있었다. 5·18 김승훈 신부가 명동성당에서 박종철 고문치사 사건이 조작되었음을 폭로했다. 바야흐로 때가 무르익었다.

87년 5월의 어느 날 **가 가두투쟁 기획안을 안건에 붙였다. 87년 상반기 총학생회장이 대외사업을 하는 조건에서 **가 사실상 총학생회의 내부 책임자였다. 그는 연고대의 시위 계획을 소개하고는 그것이 문제라고 지적하며 폭투를 주장하기 시작했다. 연고대의 계획이란 서울 도심에서 화염병과 돌 없이 비무장인 상태에서 연와·연좌시위를 하자는 것이었다.

연고대가 기획한 이 시위가 유명한 5·23 데모이다. 이전까지 가두시위는 돌과 화염병으로 무장한 뒤 경찰과 일진일퇴하는 공방전을 치른 후 해산되는 양상이었다. 돌과 화염병이 등장하는 순간 거리 시민들은 자취를 감춘다. 돌과 화염병으로 대치하더라도 경찰의 무력이 훨씬 세기 때문에 시위는 불과 몇 분을 넘지 못하고 해산되곤 했다. 말과 주장은 거창하지만 다분히 상징적인 데모였던 것이다.

연고대는 그런 시위 형태가 문제가 있다고 보고 비폭력, 연좌·연와 등을 주장했다. 반면 **은 연고대 시위가 문제가 있다고 보고 전통적인 시위를 해야 함을 강조했다. 단과대 학생회장으로 구성되어 있던 회의 구성원 모두가 그에 동의했던 것 같다. 나도 그랬다. 종철이가 죽고 6월 민주화운동을 앞둔 엄혹한 시기에 비폭력 시위라니 … 나 또한 말이 되지 않는다고 생각했더랬다.

막상 판이 벌어지니 양상이 확연히 달랐다. 서울대가 중심이 된 폭투는 불과 몇 분 만에 제대로 된 주장도 하기 전에 끝난 반면 연고대가 중심이 된 연좌·연와 시위는 수십여 분 동안 종로교통을 마비시키며 파란을 일으켰다. 연고대의 주장이 옳았던 것이다.

6월 민주화운동을 회고하는 다양한 매체에서는 이 장면을 매우 의미 있게 묘사한다. 의미 있었던 것은 사실이지만 그런 생각의 뿌리가 어디인가는 차원이 다르다. 그런 생각의 뿌리를 밝히는 작업이 내가 이 글을 쓰는 이유이다. 학생운동의 판도를 바꾼 5·23 데모의 DNA는 한민전 방송이다.

4

86년 하반기부터 연고대가 제기한 대중노선은 매우 적절한 것이었다. 혁명, 반미와 같은 과격한 구호가 아니라 호헌철폐, 직선제와 같은 부드러운 주장, 투쟁위원회보다는 학생회 중시, 사회주의보다는 민주 정부와 직선제 같은 주장 등이 그것이다.

효과는 분명했다. 87년 거리에서 이른바 NL의 대중노선이 빛을 발했다. 당시 학생운동 과격파 CA가 있는 곳에는 사람이 모이지 않는 반면 NL이 가는 곳에서 구름처럼 사람들이 모여들었다. 학생운동과 거리 시민, 학생들과 넥타이 부대의 만남이 이뤄진 것이다. 이로부터 학생운동의 신화가 태어났다.

영화 「1987」 등 1987년을 묘사하는 장면들이 이렇게 해서 만들어진 것이다. 그런 장면이 만들어지기까지 무수한 우여곡절이 있었다. 결정적인 변화는 그 이전에는 돌과 화염병을 앞장세운 폭투였으나, 6월 현장에서는 손뼉을 치고 구호를 외치는 대중시위로 변모한 것이다. 아무것도 아닌 것처럼 느껴지지만 85년에서 87년에 이르는 시기, 학생운동의 결정적인 변화이고 이로 인해 6월 민주화운동이 가능했다는 것이 이 글의 주장이다.

5

핵심은 86년 하반기부터 시작된 연고대 운동의 대중화에 대한 문제 제기가 어디서 나왔는가이다. 보다 구체적으로, 거리에 나갈 때 돌과 화염병 대신 손뼉을 치고 대중의 호응을 유도하는 투쟁 전술을 구사해야 한다는 생각의 뿌리가 어디에서 왔는가이다.

결론부터 말한다면 86년 하반기 NL이 도입된 후 북한은 한민전 방송을 통해 집요하게 운동의 대중화를 강조하고 있었고 이것이 연고대의 새로운 흐름과 맞아 떨어진 것이다.

나도 방송을 통해 들었던 것 같다. 정리된 문서로 본 것은 86년경 「민족해방운동의 전략과 전술」이라는 팸플릿이었고 이 팸플릿은 88년 이후 출판되었다. 보다 정리된 형태의 문서는 89년 8월 29일 통혁당 창건 20주년 기념논문, 『변혁 운동의 새로운 도약을 이룩하자』이다.

89년 한민전 논문은 85년 한민전 창립 이후 한민전이 한국 학생운동에 개입했던 내용을 총정리한 문서이다. 사람에 따라 다를 수 있지만 내가 주사파가 된 것은 바로 이 문건을 통해서이다. 그리고 내 생각이지만 주사파가 한국 학생운동에 깊이 뿌리를 내린 것도 바로 이 문서를 정점으로 진행된 85년 이래 한민전이 제기한 대중노선 때문이다.

자, 이제 문서를 소개한다.

6

'변혁 운동의 새로운 도약을 이룩하자'는 통혁당 창건을 69년으로 보고 20주년이 되는 89년에 발표되었다. 이 문서는 85년 한민전 선언문, 87년 한민전 2주기 성명에 뒤를 이어 북한이 한국 학생운동에 적극 개입한 징표이다.

'우리 운동의 새로운 도약을 이룩하자'에서는 우리 운동이 첫째, 주체사상, 둘째, 민족해방노선, 셋째, 운동의 대중화를 실현해야 한다고 주장한다. 그중 내가 주목했던 것은 세 번째인데 세 번째 운동의 대중화를 위해서는 의식화·조직화·대중투쟁이 중요하다고 한 후 그중 대중투쟁을 상술한다.

길지만 밑줄 친 부분에 주목해 읽어 보길 바란다.

"대중투쟁은 운동의 대중화를 위한 실천적 요건이다. 대중투쟁은 운동역량을 조성시키고 민중의 당면요구를 실현하는 현장이며 운동 정세를 주동적으로 성숙시키고 민중의 당면요구를 변혁 운동의 목표에로 전진하는 과정이다.

오늘 우리의 대중투쟁은 대중을 각성시켜 나가고 조직을 키워 나가며 보다 많은 대중을 투쟁으로 인입하여 보다 큰 투쟁을 마련해 나가는 원칙에서 전개되어야 한다.

만일 이것을 무시하고 과격한 투쟁으로 나가거나 모험주의적 행동전으로 나간다면 운동의 계몽적 의의를 약화시키고 대중을 이탈시켜 합법적 투쟁공간을 위축시키고 적들에 탄압의 구실을 주어 조직을 파괴하는 결과까지 가져오게 된다. 반대로 탄압이 강화된다고 하여 유리한 정세가 다가오기만 기다리면서 적극적인 투쟁을 벌이지 않는다면 변혁운동은 침체와 패퇴를 면할 수 없다.

우리 변혁 운동은 실천 투쟁에서 좌우경적 편향을 다 같이 경계하고 적의 고립과 대중의 동참을 극대화하며 하나를 통해 둘, 셋을 얻는 확대재생산적인 투쟁으로 나가야 한다. 따라서 우리의 투쟁은 대중의 공감대를 조성하고 그것을 실재로 전화시키는 운동이어야 하며 대중을 뒤에 남기고 혼자 내달리는 돌출전이 아니라 대중과 함께 손잡고 내달리는 대중전이 되어야 하며 일회적인 투쟁이 아니라 지속적인 투쟁, 각개 분산적인 투쟁이 아니라 연대 공동투쟁이어야 한다. 그리고 각종 형태의 투쟁이 경직화된 운동으로서가 아니라 능동다기하게 적용되는 운동으로 되어야 하고 구호는 계급해방, 민중공화국 수립, 사회주의 혁명을 주장하는 좌경적 구호가 아니라 대중과 합창할 수 있는 반미자주화, 반파쇼민주화, 평화통일을 촉구하는 구호로 되어야 한다.

대중전에 우리 변혁 운동의 불패의 힘과 궁극적 승리가 있다. 대중적 포위전으로 식민지 파쇼통치의 아성을 허물어 버리자.

87년 6월 민주화운동을 평가하는 거의 모든 문서에 대중노선에 대한 이야기가 나온다. 위 밑줄 친 부분과 거의 동일한 이야기다. 문제는 그 주장의 원문이 한민전 방송이라는 점이다.

85~86년 학생운동에서 레닌주의가 본격 도입되면서 투쟁은 과격한 구호와 투쟁 전술로 얼룩졌다. 만약 그런 상태가 지속되었다면 87년 5~6월 서울·부산·광주의 거리에서 학생들은 시민들과 결합하지 못했을 것이다. 전투경찰이 엄존하는 조건에서 넥타이 부대가 참여하기 위해서는 초기 불씨가 되는 학생들의 헌신이 필요했고 학생들은 학생들을 넘어 거리 시민들을 인입할 수 있는

태도가 긴요했다. 나아가 학생과 넥타이 부대가 결합하여 경찰과 일진일퇴하며 극적인 국면을 열어가지 않았다면 양김 씨가 주도했던 직선제 국면도 좌초되었을지 모른다.

따라서 6월 민주화운동에서 학생들이 태도 변화, 대중의 참여를 이끌어내는 자세 변화는 6월 민주화운동의 성패를 좌우하는 핵심적인 열쇠 중 하나였다. 그리고 이 변화를 궁극적으로 결정했던 것은 한민전 방송이었다.

결국 한민전 방송은 6월 민주화운동의 숨은 실세였던 것이다.

대선투쟁

1

86년 구학련이 출범하면서 한민전 방송 열풍이 불었다. 청계천에는 단파 라디오를 사려는 학생들로 넘쳐났다. 나도 그중 하나였다. 나는 집에 여유가 있었고 아버지와 어머니의 눈을 의식해 일본제 카세트 라디오를 통해 한민전 방송을 듣곤 했다.

87년 나는 집을 나와 거의 학교와 거리에서 살았다. 가끔 동료들 중 하나가 주체사상 문건이나 한민전 문건을 주고 읽어 보라곤 했다. 한번은 A가 내게 「주체사상에 대하여」를 읽어 보라고 주었다. 녀석은 기억하려나 … 우리가 그랬더랬다.

86년 구학련은 건대 사태를 계기로 깨졌지만 주사파·NL은 빠르게 서울대를 석권했다. 구학련을 탈퇴하여 구속은 면했지만 나 또한 구학련 잔당에 속했다. 구학련 잔당을 끌어모아 87년 서울대 총학생회를 간신히 구성할 수 있었다. 덕분에 서울대 총학생회는 거의 100% 주사파였다. 구체적으로 두 명의 서울대 총학생회장, 인문대 민경우, 사회대 … 자연대 … 등이 그러했다.

87년 12월 집회시위 관련으로 연행되었는데 형사가 87년 서울대 학생회 구성이 거의 전부 주사파임을 거론하며 구학련에 이은 지하조직의 존재를 거론하곤 했다. 내가 아는 범위에서 지하조직은 없었다. 지금 생각하면 이상하긴 하다. 건대 사건 이후 왜 주사파가 학교를 석권했을까? 이건 더 연구해 볼 문제이다.

2

87년 6·29 선언 이후 87년 대선 레이스가 시작되었다. 여기서 서울대, 연대가 고대 중심의 전대협과 갈라진다.

전대협은 이른바 김대중을 비판적으로 지지하자고 주장했다. 문익환과 김근태 등이 모두 그러했다. 서울대와 연대는 후보 단일화가 되어야 한다고 주장했다. 이를 관철하기 위해 선거 막판 양김 씨 당사에서 농성을 하기도 했다. 또 다른 운동권들은 백기완 후배를 지지했다.

묘한 것은 한민전의 태도였다.

9월 무렵 7~8 노동자 투쟁이 끝나고 본격적으로 대선 국면이 시작되었다. 먼저 시동을 건 것은 김대중이었다. 9월 8일 광주를 방문한 김대중은 열광적인 지지를 받았다. 이어 10월 17일 김영삼이 부산을 찾으면서 양김 씨의 분열이 본격화되고 있었다.

나와 우리는 후보 단일화의 중요성을 간과하고 있었다. 우리는 습관처럼 군부독재를 타도하면 된다고 생각했다. 그런 면에서 우리는 어렸다. 9월 어느 날 나는 한민전 문건을 보고 있었다. 한민전은 후보 단일화와 범국민적 단합이 중요함을 강조하고 있었다. 내가 느끼기에 강조하는 정도가 거의 호소하는 수준이었다. 그러면서 학생들이 후보 단일화를 요구하며 집회를 했다는 소식을 전했다. 내가 알기로는 그런 집회는 없었다. 한민전 방송이 지어낸 것이다.

시간이 흐르고 분열의 후과가 나타나기 시작했다. 점점 패색이 짙어가고 있었다. 서울대와 연대 총학생회가 양김 씨 당사에 농성을 한 것도 이 무렵이었다. 이 또한 착각이었다. 양김 씨가 후보 단일화를 할 가능성은 거의 없었고 후보 단일화를 요구하는 시위 자체가 노태우 후보에게 유리한 상황이었다.

김영삼의 통일민주당사, 통일민주당 고위 당국자와 면담이 있었다. 박@@으로 기억되는 정치인이 김대중에 대한 분노를 드러내며 후보 단일화가 불가능함을 성토하고 있었다. 어느 정도 말이 오가면서 협상용이 아니라 정말 후보 단일화가 불가능하다는 것이 확인되었다. 나는 정말 짐승처럼 울부짖었다. 어느 정도 진정된 후 우리는 상황을 재빨리 수습하기 시작했다. 삽시간에 상황을 정리하고 학생 수백 명과 함께 양 김씨 당사를 빠져나왔다.

그 즈음 나는 다시 한민전 방송 문건을 보게 되었다. 한민전은 광주학살의 살인마는 대통령이 될 수 없다며 투쟁과 단합을 호소하고 있었다. 또 노태우 정부가 부정선거를 획책하고 있다는 사실을 환기했다.

아마추어와 프로가 따로 없었다. 경험과 전략·전술이 왜 중요한지 절감하고 있었다.

3

88년 4월 홍대 교실, 나는 %%의 주재 아래 학생회를 했던 학생들 여러 명과 마주 앉았다. %%는 87년 전 기간 한민전이 내보낸 문서를 요약해 주었다. 상황은 명료했다. 나는 그때로부터 한민전 '신도'가 되었다.

그가 보여준 문건 중에는 87년 2주기 한민전 성명서가 있었다.

"변화된 시국과 대중운동 발전의 요청, 전위조직 발전의 요구에 부응해서 출범한 한국민족민주전선은 한국 민중의 지향과 의사의 체현자이며 애국적 전위대입니다"

%%의 주장을 요약하면 대선 투쟁 때 한민전의 방침이 옳았고 그들이 자신을 애국적 전위대라 함으로 한민전을 믿고 따르자는 것이었다.

나는 80년대 중반 이래 학생운동이 애타게 찾았던 애국적 전위대가 거기에 있다고 생각했다. 나뿐 아니라 많은 학생들이 그러했다. 85년 한민전 창립 이래 불과 2~3년 만이 한민전은 학생운동에 깊이 뿌리를 내리고 있었다.

한민전을 따르는 혁명조직

I

학생운동에서 가장 특별한 시기가 88~92년이다. 80년 이후 학생들을 러프하게 구분하면

1. 80~83년 학생운동의 암흑기, 학교에 경찰 병력이 주둔하는 등 철권통치로 할 수 있는 일이 별로 없었다.

2. 84~87년 학생운동의 활성화, 84년 유화국면, 85년 총선을 계기로 정치정세가 활성화되면서 학생운동이 역동적으로 발전한 시기이다.

3. 88~92년 학생운동의 절정기이다.

사람들은 88~92년 시기를 별로 주목하지 않지만 학생운동 역사상 가장 규모가 크고 격렬한 집회와 시위 등이 이때 벌어졌다. 당시 학생운동에 참여했던 정치인들이 현재 민주당 주역이며 민주당의 가장 강력한 대중적 지반인 40대 후반에서 50대 초반 세대가 이 시기 학생운동을 했거나 그 영향력 하에 있었다.

그럼에도 이 시기에 학생운동이 주목받지 못하는 이유는 84~87년 학생운동의 주장이 승리·관철되어 한국 사회에 강력한 영향을 준 반면 88~92년 당시 학생운동의 주장은 대부분 실패하거나 주변화 되었기 때문이다.

특징을 조금 더 구체적으로 소개하면 다음과 같다.

첫째, 민주주의와 관련해서 88년~92년 노태우 정부, 93~97년 김영삼 정부에 대해 사람들은 부족하지만 민주화로 가는 궤도 위에 있다고 판단했다. 반면 주사파가 세력을 장악한 학생운동은 식민지 대리정권이라 주장했다. 노태우 정부가 독재정권이므로 타도해야 한다는 주장은 노태우 정부 때는 어느 정도 먹혔지만 김영삼 정권 때는 거의 먹히지 않았다. 이것이 한총련, 나아가 주사파 몰락의 원인이다.

둘째, 학생운동이 급격히 대중화되었다. 87년에는 소수의 대학

만이 학생운동을 했다면 88년 이후에는 전국적으로 운동이 확산되었고 운동 주체도 이전 시기는 총학생회였다면 88년 이후는 전대협으로 운동의 규모가 급격히 팽창되었다.

셋째, 학생운동을 넘어 지식인 사회로 운동권에 가까운 주장들이 빠르게 확산되었다. 전교조와 같은 교사, 영화와 드라마 등 문화계, 노동계 등이 그러하다. 기억할 만한 사건은 88년 하반기 국회 청문회, 「여명의 눈동자」, 「모래시계」 등의 드라마, 『태백산맥』과 같은 소설이 있다. 사상·문화적인 맥락에서 본다면 우리는 지금 88년에 형성된 어떤 시대를 산다고 볼 수 있다.

2

이 시기 상황을 주도한 것은 전대협이다. 전대협은 연중무휴 강력한 추진력과 돌파력으로 상황을 주도하며 역사의 중심으로 떠올랐다.

지금부터 하려는 이야기는 전대협을 내용적으로 주도하면서도 당시는 보이지 않는 곳에 있던 혁명조직들에 대한 것이다. 구학련과 반미청년회 및 조통그룹 등이 그것이다. 이들의 공통점은 조선노동당과 직접적인 연계는 갖지 않은 대신 한민전을 지도 조직으로 생각했다는 점이다. 한민전을 논하는 이 글의 관점에서 보면

85년 한민전 창립부터 90년대 초반 민혁당과 중부지역당이 만들어지기 이전까지 학생운동의 전성기를 관장했던 조직들이다.

다음 세 가지 특징을 거론할 수 있다.

첫째, 80년대 학생운동은 20대 중후반 학생들이 진행한 것이다. 운동 과정에 수많은 우여곡절이 있다. 그중 가장 고통스러운 것은 운동의 분열이다. 어떤 이유로든 분열이 시작되면 큰 규모의 투쟁은 사실상 어렵다. 그런데 88~92년 시기의 학생운동이 20대 중후반 정도의 청년들이 중심이었으면서 수만 명을 일사불란하게 동원할 수 있었던 것은 한민전 방송을 빼놓고는 생각할 수 없다.

한민전을 녹취하는 방송팀(이를 BC소조라 불렀다)이 있어 이들이 녹취한 녹취본이 적절한 인쇄물로 정리되어 전국의 대학가에 배포되었다. 이 녹취물은 거미줄처럼 대학가와 운동권을 연결하며 사람과 조직을 종횡으로 엮었다.

88~92년 수만 명이 참여했던 투쟁의 껍데기가 전대협이라면 그것을 혈관처럼 지탱했던 것은 다름 아닌 한민전 방송 문건이다.

둘째, 혁명조직 구성원들이 전대협과 연관을 맺는 방식은 주로 전대협 정책위원회와 조통위였던 것 같다. 전대협 전체는 이적

단체가 아닌 반면, 전대협 산하의 정책위원회와 조통위는 이적단체였고 이들 조직의 구성원과 대표는 다음에서 말할 혁명조직의 구성원들이 균점하는 구조였다. 혁명조직들은 심지어 누가 의장이 될 것인가를 조율하고 낙점하는 구조였던 것 같다. 예를 들어 1기 전대협 의장 %%는 고대 총학생회장이기 이전에 반미청년회의 일원이었다.

강조하자면 전대협을 실질적으로 리드하는 전대협 의장, 집행위원장, 정책위원장 등은 다수의 총의, 운동권과 비운동권의 집단적 결정의 산물이라기보다는 이들 혁명조직의 논의와 타협의 산물이다. 심지어 전대협 의장도 그러했다. 가령 전대협 1기 의장 %%는 고대 총학생회장 자격으로 전대협 의장이 되었다기보다는 반미청년회의 결정이 보다 주효했을 것이다.

셋째, 운동의 규모와 대중성이라는 관점에서 88~92년은 다른 시기를 압도한다. 민주당 운동권 국회의원 70명 중 30명 이상이 이 시기 출신이다. 결정적인 문제는 이 시기 운동권 출신 정치인들은 거의 기록을 남기지 않는다. 대부분 자신의 이력을 소개하는 책을 형식적으로 내기는 했지만 그마저 학생운동 경력을 숨기거나 어물쩍 넘어간다.

이것이 70년대 학생운동 출신들과 결정적으로 다른 지점이다.

아마도 주체사상과 연관되어 있기 때문이다. 가령 유시민은 자신의 이력을 소개하고 자신이 왜 주사파가 아닌가를 소개한다. 반면 안희정은 자신이 안기부에 연행된 적이 있다고 말하면서도 그것이 반미청년회 사건 때문이라는 내용은 없다.

거의 대부분이 그렇다. 필자는 헌책방에서 관련 책자들을 수집한 적이 있는데 거의 예외 없이 과거 이력들을 숨기고 있다. 일종의 집단행동처럼 보인다. 나는 여기에 현 정세와 민주화운동의 과거를 밝히는 단서가 있다고 생각한다. 시간을 두고 조사해 보기로 한다.

3

지금부터는 대체로 88~92년 조선노동당과 직접적인 연계를 갖지 않으면서 노동당의 위성조직 한민전을 전위조직으로 생각했던 혁명조직들을 다룬다.

필자는 87년 대학 졸업 후 대체로 89~91년 동안 노동현장에 있었다. 따라서 88~92년 혁명조직들은 나보다 한 세대 이후의 일이다. 덕분에 잘 모른다. 그럼에도 인적으로 많이 겹치기 때문에 주워들은 이야기가 많다.

앞에서 말한 바와 같이 이들 대부분이 제대로 된 기록을 남기지 않거나 자신의 신원을 밝히는 것을 원치 않고 있다. 그래서 여기서는 대충 요지만 말하고자 한다.

먼저 주사파 조직들이 있다.

구학련은 서울대 주사파 조직이다. 서울 법대 82학번 김영환이 만들었고 86년 건대 사태를 계기로 깨진다. 김영환은 출소 이후 북한을 방문하고 민혁당을 만드는데 이때 민혁당의 뿌리도 구학련 또는 서울대 주사파이다.

90년대 중후반 김영환이 내용적으로 전향하자 민혁당의 경기동부와 울산지역이 김영환의 지도를 거부하고 기존 노선을 견지하는데, 이것이 전국연합 3파 중 경기동부와 울산이다. 한편 민혁당 조직 중 전북은 김영환과 함께 이탈하여 북한 민주화운동 등을 한다. 이렇게 보면 민혁당은 80년대 이래 주사파 조직의 뿌리라고 할 수 있다.

고대 반미청년회는 구학련과 비슷한 시기에 고대를 중심으로 조직되었다. 고대 반미청년회는 대중노선을 받아들여 87년 6월 민주화운동과 전대협을 주도했다.

연대를 기반으로 한 조통그룹이 있었다. 서울대·고대가 그러하다면 당연히 연대도 그런 규모의 조직이 있었다고 보는 것이 합리적일 것이다. 조통그룹은 임수경 방북을 추진했던 것으로 알려져 있다. 조통그룹이라는 명칭은 수사 과정에 편의적으로 지어진 이름이다.

고대 84학번 구해우 등이 중심이 되어 전국 대학에 조직원을 갖고 있었던 조직이 자민통 그룹이다. 자민통 그룹의 이름도 수사 과정에서 편의적으로 붙여진 이름이다.

92년이 되면 주사파 지하조직이 분화된다. 첫째, 민혁당, 중부지역당 등 조선노동당과 연관된 형태 둘째, 전국연합의 지역조직으로 전국사업을 하는 전국연합 3파(인천, 경기동부. 울산) 셋째는 기타 대학 단위, 지역 단위의 소소한 주사파 조직들이다. 각 대학에서 소소하게 존재했던 자주대오들이 대학 단위 소소한 주사파 조직들이고 그와 유사한 지역 단위의 주사파 조직이 훗날 창원, 제주 간첩단이 된다.

기타 비주사 NL 조직들이 있었다. 대표적인 것이 새벽과 관악자주파이다.

새벽은 서울상대 66학번 장명국이 맹주이다. 앞에서 말했던 것처럼 서울상대는 통혁당이 강했던 곳이다. 장명국도 그 영향 하에 있었다는 이야기를 들었다. 통혁당과 장명국 이야기를 하는 이유는 그것이 아니면 설명이 되지 않는 문제가 있어서이다.

지금은 거의 잊혀졌지만 80년대에는 새벽의 영향력이 아주 셌다. 주체사상에는 김주와 황주 및 장주라는 은어가 있다. 김주는 김정일 주체사상, 황주는 황장엽 주체사상, 장주는 장명국 주체사상이라는 뜻이다. 한민전 방송에서도 이에 대해 언급하는 것을 직접 들었다. 김주는 수령관을 중시하는 반면 황주나 장주는 민주적인 토의를 중시하는 경향이 있다.

장명국은 부분적으로 한민전과 경합했다. 구체적으로 한민전이 전노협을 중시한 반면 장명국은 대기업 노조를 강조했다. 92년 대선에서 한민전은 범민주단일후보였던 반면 장명국은 당선가능한 야당 후보론을 제기했다. 장명국은 93년 김영삼 정부가 들어서면서 일선에서 후퇴했다.

관악자주파는 88년 이후 서울대 비주사 NL을 말한다. 88년 이후 서울대 NL이 주사와 비주사로 구분되는데 90년대 중후반에는 서울대 주사파는 소수화되고 PD와 비주사 NL이 학생회를 두고 경합했다. 비주사는 점차 80년대 중후반 운동권 혁명론의 탈을 벗어나고 있었지만 막바지까지 운동권의 틀 안에 있었다고 본다. 문제는 이런 정도의 변화조차 서울대에서만 나타나고 그 정도도 기존 운동권에서 크게 넘어서지 못했다. 덕분에 운동권을 NL·PD로 구분했을 때 절대다수가 주사파이고 NL 중 비주사가 많지 않기 때문에 운동권 대부분은 주사파라고 해도 과언이 아니다.

4

70년대 운동권은 대체로 막스주의거나 내재적 발전론이었다. 그 연장선에서 85년 레닌주의와 삼민이 나온다. 85년 이전을 기반으로 하는 운동권들은 자신의 사상사에 대한 기록을 비교적 솔직하게 남겼다. 대표적인 사람이 유시민이다. 유시민은 기록에서 주체사상을 감당하기 어려웠다고 회고한다.

86년 이후 주사파들은 첫째. 공안사건에 연루된 사람들은 자신의 행적에 대한 기록을 남겼다. 김영환이나 황인오 등이 그러하다. 둘째는 나머지 대다수는 기록을 남기지 않는 것은 물론 선거 등을 위해 기록을 남기더라도 해당 기록은 거의 담지 않았다. 이인영과 오영식, 임종석, 김경수, 양정철 및 정청래 등 거의 모든 사람이 그러하다. 따라서 그들이 쓴 책들은 사실상 왜곡이다. 청년 시절 사상의 뿌리를 이루는 이야기가 없다면 자서전을 쓸 이유가 없다.

이유는 그들 모두가 여전히 혁명 속에 살기 때문이다. 운동권에는 가명을 쓰고 훗날 공안기관에 연행되었을 때를 대비해 주변 상황에 대해 꼭 필요한 일이 아니면 알지 말아야 한다는 묵계 등이 존재했다. 돌이켜 보면 그것 자체가 판타지다. 70년대라면 모르겠는데 주체사상을 지도 이념으로 한 구학련조차도 허술하거나 널널했다. 혁명 운운하는 것은 그 시절 청년들을 감싸고 있던 분위기가 그런 것이지 사실은 아니다.

역사적으로 보면 소련이나 북한이 그랬던 것 같다. 제국주의가 언제 쳐들어올지 모르는 공포속에 살았다. 운동권도 그러하다. 그들 모두는 고문과 구타, 투옥 등과 같은 이야기를 입에 달고 살지만 실제 벌어진 일은 그것과는 사뭇 다르다.

임수경을 북한에 보낸 임종석이 징역 5년을 받고 3년 7개월 정도 징역을 살고 나왔다. 그것 때문에 군대를 가지 않아 임종석이 학생운동 때문에 지체한 시간은 거의 없다. 이인영과 김경수 등 88~92년을 배경으로 학생운동 출신 전부가 그러하다. 그들이 입만 열면 민주화운동의 고난과 역경을 말하지만 그들이 실제로 겪었던 고난은 정도가 터무니없이 과장되었다.

나도 그렇다. 나는 97년, 2003년 두 번에 걸쳐 각각 3년 6개월씩 7년을 선고받고 4년 정도를 살았다. 98년 김대중 정부가 들어

서서 그야말로 학생운동 사범을 포함해 비전향장기수까지 모조리 석방했다. 80년 광주 사태 이후 이른바 혁명을 주장하고 실제 결행했던 사람들 중 최고 장기수는 사노맹 백태웅과 박노해, 중부지역당 황인오 정도로 총 7~8년 정도가 전부이다. 혁명 조직의 수괴가 그러했고 그들은 출소 이후 성공적으로 사회에 정착했다.

이게 99~2000년 정도의 일인데 아직도 민주화운동 이야기가 반복해서 흘러나온다. 그리고 그것도 부족해 이제는 일제 강점기를 우려먹고 있다. 나는 여기에 정치적 목적이 있다고 생각하고 이를 바로잡기 위해 이 글을 쓴다.

5

「설강화」라는 드라마가 있다 블랙핑크의 지수가 여대생으로 나온다. 드라마는 북한군 간첩과 이화여대로 추정되는 여대생의 러브스토리이다. 드라마가 방영되면서 논란이 벌어졌다. 논란의 중심은 어떻게 민주화운동을 북한과 연관시킬 수 있느냐는 것이다. 30대 후반 정도로 보이는 유튜버 한 사람은 이것은 민주화운동을 폄훼하여 민주당을 위해하려는 음모라고 주장했다.

본말이 전도되어 논란이 완전히 산으로 가고 있었다. 앞에서 말했듯이 87년 서울대 총학생회를 구성했던 학생들 대부분이 주사파였다. 87년 1월 사망한 박종철은 서울대 박종운을 잡는 과정에서 벌어진 사건인데 박종운은 민추위 관련자로 민추위는 레닌주의를 표방한 혁명조직이었다. 80년대 학생운동에서 흔히 말하는 영미형 민주주의자 또는 순수한 학생운동은 아예 존재하지 않았다.

내가 이 글을 쓰게 된 결정적인 사건은 김순호 경찰국장 문제이다. 김순호 경찰국장은 성대 81학번으로 학창 시절 인노회(인천부천민주노동자회)라는 주사파 조직에 참가했다가 경찰에 투신하여 경찰국장으로 지명되었다. 진보측은 인노회에서 경찰로 이전하는 과정이 불투명하다며 이를 밀정으로 몰아갔다.

주사파 조직에서 이탈한 것을 밀정으로 보는 것은 그들이 여전히 혁명·민족해방 투쟁의 관점에서 세상을 보기 때문이다. 장기적인 관점에서 보면 주사파 조직에서 이탈하는 것이 정상적인행위이다. 김순호 국장을 밀정으로 몰아간 사람 중에 성대 81학번 박**가 있었다. 나는 자료를 조사하던 중 그가 김순호 국장과 동기이고 일심회 관련자임을 알게 되었다. 그리고 언론 보도에는 그가 관여되었던 기사와 김정일에게 보내는 충성맹세문도 있었다.

간첩조직의 구성원이 현직 경찰국장을 밀정으로 몰아가는 일이 백주대낮에 벌어진 것인데 이런 사실을 언론에 제보했지만, 기자들마저 이를 무시했다. 결국, 국회에서 증언할 수밖에 없었다.

이런 상황이 도처에서 벌어지고 있다. 현재 민주당과 주사파 운동은 거의 한 몸이다. 그들 모두는 혁명·민중의 주가 되는 민주주의와 같은 87년 6월 민주화운동의 급진주의를 공유하고 있다. 그러므로 주사파, 심지어 일심회의 간첩 연루자는 한편이면서 검찰·조중동은 만고의 역적인 것이다.

몇 가지로 내 주장을 요약하면 다음과 같다.

첫째, 87년 6월 민주화운동 과정에서 학생운동의 역할은 이중적이다. 그들은 주체사상과 한민전 방송에 기초해 활동했고 주체사상이 제기했던 대중노선이 6월 민주화운동과 맞아 떨어지면서 민주화운동에서 중요한 역할을 했다.

둘째, 88~92년 당시 주체사상이 민주화 투쟁에 기여했던 바는 없다. 오히려 민주화 투쟁을 과격한 국면으로 몰아가 학생운동의 몰락으로 이어졌다. 이 과정에 함께 했던 수많은 학생들이 지금 중년의 나이이고 민주당 운동권 국회의원의 반 정도가 그렇다. 나는 6월 민주화운동에서 민주화에 기여했던 바를 긍정적으로 보존하되 6월 민주화운동의 급진주의는 시정되어야 한다고 본다.

셋째, 그들 전부가 주체사상과 혁명조직에 몸담았던 과거의 사실들을 숨기고 그들이 학생시절 민주화운동을 했다는 사실만을 모호하게 밝히고 있다. 그렇기 때문에 학생운동의 부정적인 유산은 수십 년에 걸쳐 사실상 은폐되었다. 지금 현실에 벌어지는 영화, 드라마 등은 사실이라고 보기 어렵다.

넷째, 반성이 없으면 미래도 없다. 현재 민주당의 운동권 국회의원들 다수는 87년 주사파와 같은 급진주의의 유산과 잔재를 그대로 갖고 있는 운동권 청년들이 그대로 나이를 먹은 것이다.

구체적으로 윤석열 정권을 친일매국 등으로 몰아가려는 경향, 과도한 반미친북 성향, 민주주의를 의회주의, 정당정치를 넘어 민중민주주의, 민중이 주인 되는 사회 등으로 규정하는 것, 검찰과 조중동 등을 악마화하는 것이 그러하다.

그들이 학생 시절의 사상과 행적을 은폐하면서 세상을 보는 그들의 시선도 왜곡되었다는 것이 이 책의 결론 중 하나이다.

직선제 후 반독재투쟁

1

87년 직선제로 치러진 선거에 따라 노태우 정부가 들어섰다. 그럼 묻자. 노태우 정부는 민주정부인가? 독재정권인가? 보다 구체적으로 노태우 정부는 다음 선거까지 기다렸다 선거를 통해 정부를 교체하면 되는가? 아니면 다음 선거 이전에 언제라도 타도할 수 있는가?

선거는 민주주의의 꽃이다. 선거는 전통 시대 장자(큰아들)에 의한 권력 승계를 대체했다. 권력 교체는 사회의 안정성을 유지하는 핵심 요건 중 하나이다. 전통 시대는 이를 장자 승계를 통해 해결해 왔다. 민주주의는 이를 선거로 대체한 것이다.

물론 선거 이외의 요소를 제기할 수 있다. 특히 막스는 선거로 부르주아 정부가 들어섰다고 해서 민주주의가 된 것이 아니기 때문에 사유재산권 철폐를 핵심으로 한 새로운 정부, 프롤레타리아 정부를 세워야 한다고 주장했다. 막스의 문제의식은 러시아를 거쳐 북한에 이르고 87년 민주화운동·학생운동에 장착된 상태였다.

2

88년 반독재투쟁이 시작되었다. 때마침 국민들도 비슷한 생각이었다. 국민들은 아쉽게도 양 김씨의 분열 때문에 민주정부가 들어서지 못했고 노태우 정부는 군부독재의 연장이라고 생각했다.

88년 청문회와 함께 전노 구속투쟁이 벌어졌다. 88년 가을 나는 종로 2가에 있었다. 학생운동을 마친 나는 이후 무엇을 할까 고민 중이었다. 나는 가벼운 마음으로 종로 거리를 걷고 있었다. 저 멀리 함성이 들리며 수천 명이 될 듯한 시위 대오가 종로 거리를 행진하고 있었다. 시위 대열은 거친 숨결을 쏟아 내며 거리를 질주하고 있었다.

특별할 것 없는 그 날의 시위는 지금도 머릿속에 강렬하게 남아 있다. 87년 6월 당시 전경과 백골단에 쫓기며 간신히 거리를 열었던 1년 전과는 확연히 달랐다. 87년이었다면 경찰은 시위 대열이 거리에 진출하는 것을 초반부터 차단했을 것이다. 반면 그날의 시위 대열은 거침없이 거리를 질주하고 있었다. 정세가 근본적으로 달라져 있었다.

3

91년 4월 26일 강경대 학생이 사망했다. 교문 싸움 중 경찰에 쫓겨 교정 안으로 후퇴하던 강경대 학생에게 백골단이 쇠파이프를 휘둘렀고 이제 갓 대학 1학년생이 된 청년이 교문 앞에서 사망한 것이다.

87년 이후 학생운동은 절정의 조직력과 투쟁력을 갖고 있었다. 격렬한 투쟁이 즉각적이고 단호하게 조직되었다. 학생운동 이외에 재야가 투쟁에 가세하며 투쟁은 급속히 확장되었다.

여기서 문제가 발생한다. 쇠파이프에 맞아 학생이 사망했다면 책임자를 처벌하고 재발 방지를 약속하며 적절한 수준의 정치적 책임을 지면 해결되는가? 아니면 노태우 정권은 애초부터 폭력성을 내장하고 있으므로 퇴진해야 하는가? 이는 한국이 민주사회인가, 아니면 독재정권, 나아가 식민지 대리정권으로 보는 근본적인 인식 차이와 연관되어 있었다.

노태우 정부는 나름 성의 표시를 했다. 물론 사건의 확산을 막기 위해 선제적으로 조치한 것도 맞다. 당시 김대중의 평민당도 정부의 사과와 적절한 사망 방지를 조건으로 장례식과 함께 장내로 이동할 예정이었다.

5월 14일 명지대에서 장례식을 마치고 거리 행진이 시작되었다. 주최 측이 요구한 것은 신촌 노제였고 경찰은 이를 불허하고 장지인 광주로 바로 내려가라는 것이었다.

사실 일종의 기 싸움이 벌어졌다. 바둑에서는 "승부에서는 져도 기 싸움에서는 지지 말라"는 격언이 있다. 노제를 둘러싼 갈등은 일견 기술적인 쟁점 같아도 한국 사회를 바라보는 근본 시각과 관련이 있다. 앞에서 이야기했던 한국 사회의 성격 말이다.

5월 14일 시내 한복판에서 격렬한 충돌이 벌어졌다. 적당한 싸움 후 못 이기는 척하고 행렬을 돌려 장지인 광주로 내려갈 수도 있는 일이었다. 사실 대부분 그렇게 했다. 주최 측, 경찰측 모두 명분을 세우는 선에서 타협할 수도 있었다. 그런데 주최 측은 장례 행렬을 돌려 연세대에 이동한다.

30년 운동경력의 내가 보기에도 거의 볼 수 없는 강수였다. 장례행렬은 돌릴 수 없다는 속설이 있다고 한다. 장례행렬을 돌린다는 것은 그렇게 해서라도 문제를 돌파하겠다는 주최 측의 의지가 담겨 있었고 그 기저에는 노태우 정권은 식민지 대리정권이므로 물러설 수 없다는 생각이 들어 있었다.

91년 대한민국은 '미제의 식민지'라는 주사파의 핵심 교리가 상황을 압도했다. 91년 분신과 자결을 통해 11명의 사망자가 난 것도 사실은 그 때문이다. 만약 91년 투쟁이 민주주의 사회에서 독재에 항거하는 반독재투쟁이었다면 그런 일이 벌어지기 어렵다. 민주주의 사회였다면 정치적 갈등은 대부분 언론과 정당에 수렴되고 궁극적으로 선거를 통해 해소되기 때문이다.

91년 5월 투쟁은 역풍을 불러 왔다. 정원식 총리 사건을 거쳐 지방선거에서 보수당이 압승하는 것으로 마무리되었다. 사람들은 민주주의에 적응하고 있었고 한국경제는 빠르게 성장하고 있었으며 도시화도 급속히 세상을 바꾸고 있었다. 문제는 시대착오적인 주사파의 정치적 신념이었다.

4

93년 김영삼 정권이 출범했다. 똑같은 문제가 제기되었다. 김영삼 정권은 식민지 대리정권인가? 시간이 많이 지나 사람들은 불만이 있다면 97년 선거를 통해 바꾸면 된다고 생각했다. 그러나 학생운동은 다르게 생각했다. 이제 학생운동은 전대협이 아니라 한총련으로 바뀐 상태였다. 그리고 한총련은 전대협보다 더 강하게 한민전에 포박되어 있었다.

93년 김영삼 정부가 들어서고 어느 정도 시간이 흐른 후 한민전은 김영삼 정권 타도를 주장하기 시작했다. 93년 어느 무렵이었을 것 같다. 나는 한민전의 생각을 주시하고 있었고 한민전의 입장이 확인되면서 나도 입장을 정리했다. 나는 93년 말 어느 대학 강당에 열린 「양심수를 위한 시와 노래의 밤」 행사를 마치고 나온 길에 청중을 향해 김영삼 정권 퇴진(타도)을 외친 바 있다. 돌이켜 보면 말도 되지 않는 객기였다.

94년 2기 한총련도 그러했다. 지금은 잘 기억이 나지 않지만 2기 한총련이 여러 가지 문제에서 매우 강경한 입장을 개진하기 시작했다. 94년 7월 김일성이 사망하면서 공안정국이 조성된 것이 영향을 미쳤지만, 진원지는 역시 한민전이었다고 생각한다.

기억에 따르면 이 무렵부터 학생운동이 재야와 뚜렷이 차별화되기 시작한 것 같다. 재야는 김영삼 정부 출범과 경제성장에 맞춰 조금씩 변화한 반면 학생운동은 한민전의 영향을 받아 전통 주사파의 흐름을 유지하고 있었다. 그리고 그 연장선에서 96~97년 한총련의 몰락이 진행된다.

5

직선제 이후 반독재투쟁의 강력한 계기는 5·18 진상규명과 전노 구속이었다. 그러나 이는 95년 하반기 전노가 실제로 구속되면서 대단원의 막을 내린다. 한민전은 96년 식민지 대리정권인 김영삼 정권을 타도하기 위한 새로운 소재를 찾기 시작한다. 한민전은 김영삼 정권의 대선자금 문제를 제기하기 시작한다. 아마도 억지였을 것이다. 나는 한민전 이외의 다른 곳에서 대선자금 문제를 의미 있게 제기하는 것을 보지 못했다.

95년 하반기 전노 구속투쟁은 모든 대학에서 상당한 대중적 지반을 갖고 진행되었다. 그해 하반기에 진행된 총학생회 선거에서 강경 NL 후보가 대거 당선되었다. 이는 주사파 후보들의 경향적인 퇴조를 뒤집는 것이었다.

96년 내내 강경한 한총련 발 강경 투쟁이 진행되었다. 이슈는 김영삼 대선자금 공개 투쟁과 7차 범민족대회 사수를 골간으로 하는 통일투쟁이었다.

현실과 상황, 정세와 요구가 모든 점에서 어긋나고 있었다. 양극단에 김영삼 정부와 한총련이 있었다. 93년 김영삼 정권 출범으로 민주주의는 어느 정도 정착되고 있었다. 불만이 있다고 하더라도 97년 선거를 기약하면 될 일이었다. 90년대가 되면서 학생운동의 기반은 빠르게 무너지고 있었다. 경제가 성장하고 신세대 문화가 확산되고 있었다. 주사파와 투쟁 위주의 강경 노선은 서서히 설 자리를 잃고 있었다.

나는 96년 범민련 남측본부 사무처장이었다. 당시 범민련과 한총련은 한국 사회와 정서적·사상적으로 고립된 섬채였다. 한총련 간부들 그리고 전국에 산재한 소수의 주사파들과 함께 논의하고 같이 싸웠다. 지금 생각하면 민망한 정세 인식들이 줄을 이었다. 그리고 그 모든 것을 뒷받침하는 근원이 한민전이었다.

앰플 주사를 맞듯 몇 가지 점이 착시 현상을 불러일으키고 있었다. 첫째는 전노 구속 투쟁 과정에서 일시적으로 주사파 후보들이 대거 당선되었다. 둘째는 경향적으로 주사파, 투쟁 위주의 학생운동이 지지기반을 잃고 있었지만 90년대 학생운동은 여전히 막강한 대중세를 가지고 있었다.

이를 대변했던 것이 남총련과 오월대·녹두대이다. 90년 3당 합당으로 경상도 특히 부산·경남이 민주세력에서 이탈했다. 93년 김영삼 후보의 당선으로 반정부 진영은 호남에 집중되었다. 90년대 자본주의가 성장하면서 서울을 비롯한 수도권 학생들이 빠르게 체제 내로 포섭되고 있었다. 자연히 학생운동은 지방과 농촌에 편

재돼 있었다. 이런 배경 하에 학생운동은 점점 더 호남지역 학생, 남총련으로 집중되었다. 96~97년 연이어 전남대에서 한총련 의장이 나온 것은 우연이 아니다.

96년 연대사태가 있었다. 근 1만 명이 넘는 학생들이 연행되었지만 여론의 반향은 거의 없었다. 모든 것이 어그러진 상태였다. 그것으로 학생운동 역사상 가장 큰 희생자를 낸 연대사태는 여론에서 잊혔다.

6

97년 한민전 신년서한에서 한민전은 다시금 무리한 주장을 하기 시작했다.

신념의 강자! 연대사태로 한총련이 궤멸에 가까운 타격을 입었지만 한민전은 다시금 신념의 강자를 주장하며 투쟁을 독려하고 있었다. 한민전 신년서한의 요점은 김영삼 정권의 조기 타도와 3김 청산이었다.

97년 대선에 대한 한민전 그리고 북한의 입장은 3김, 즉 김영삼·김대중·김종필을 퇴출시켜야 한다는 것이었다. 김영삼이 대통령이었음을 고려하면 이는 곧 김대중의 퇴출과 같은 입장이었다.

같은 맥락에서 그들은 98~2000년 정상회담 이전까지 김대중 정부의 타도를 주장한다. 대선에서 3김 청산을 주장하려면 그에 상응하는 정치적 격변이 있어야 한다. 그래서 주장한 것이 조기에 대충 97년 상반기에 김영삼 정권을 타도하자는 것이다.

5기 한총련의 무모한 투쟁이 시작되었다. 연대사태의 여파로 학생운동의 대중적 지반은 심각하게 위축되어 있었다. 어쩌면 경찰들도 황당했을 것 같다. 연대사태에도 다시금 화염병을 던져대는 학생들이 이해가 되지 않았을 것이다.

97년 5기 한총련 출범식 사태는 그렇게 예정되어 있었다. 여기서 이석 치사 사건이 벌어지자 사실상 전대협·한총련 운동 전체가 막을 내렸다.

이석 치사 사건은 충격이었다. 전국연합 **로부터 전말을 전해 들었다. 재야를 대표해 현장을 다녀온 **은 담담하게 사건이 사실임을 전해 주었다. 나는 어떤 시대가 끝났음을 직감했다. 그리고 97년 6월 나는 범민련 사건으로 안기부에 연행되었다.

이석 치사 사건과 그 이후의 일은 나중에 전해들었다. 그중 기억나는 것은 이석 치사 사건에 대한 한민전의 태도였다. 한민전은 방송을 통해 이석 치사 사건이 안기부의 조작이라고 주장했고 학생들은 대자보에 이를 그대로 써 붙였다고 한다.

돌이켜 보면, 한민전과 북한은 늘 그랬던 것 같다. 83년 아웅산 테러만 해도 이를 북한의 소행이 아닌 안기부 등의 주장이라고 믿는 운동권은 거의 없었다. 87년 KAL 858부터 모든 게 달라졌다. 북한이 관련된 모든 사건, 이를테면 천안함과 연평도 등이 모두 조작이거나 나름의 사연이 있다는 것이다.

운동권의 이런 성향은 주사파·한민전이 영향력을 가지면서 시작된 학생운동권의 특별한 경향이다. 그리고 학생운동권의 다수가 주사파였기 때문에 주사파의 영향을 받은 진보적 지식인·정치인들로 확대되어 지금에 이른다.

통일운동

1

88~90년은 정세와 통일운동이 함께 갔다. 88년은 올림픽이 있었고 88~92년까지 남북고위급회담이 진행되었다. 사회주의 붕괴도 국제정세·통일문제의 중요성을 시사하고 있었다. 따라서 객관적인 정세가 그러했기 때문에 88년 청년학생회담, 89년 문익환·임수경 방북 등도 정세 속에서 수렴되었다.

90년 8·15 행사에 이어 남북·해외가 베를린에서 만나 조국 통일운동을 상설화하기 위한 합의를 한다. 이 합의에 따라 만들어진 조직이 범민련이다. 범민련은 매년 8·15를 기해 대회를 개최하는데, 이것이 범민족대회이다. 범민족대회의 거의 대부분의 참가자가 한총련이었기 때문에 90년대 통일운동의 주역은 사실상 범민련과 한총련이었다.

범민련은 남북·해외 3자 연대로 구성되어 있다. 즉 범민련 남측본부·북측본부·해외본부가 있고 일본에 있는 조총련을 기반으로 범민련 공동사무국이 구성되어 전체를 관장하는 형태이다.

남북과 해외가 하나의 강령과 조직으로 묶인다는 것은 한 번도 있어본 일 없는 초유의 사태였다. 해방정국에서 남로당과 북로당을 합쳐 노동당을 만든 것과 같다. 따라서 정부의 입장에서는 묵과하기 어려운 조직이었다.

통일운동의 산증인 중 하나였던 **은 내게 범민련 남측본부는 조선노동당 남조선 지부를 만드는 것과 다를 바 없다고 말했다. 지나고 나니 그렇겠다 싶었다.

91년, 92년 범민족대회는 정부의 강경한 탄압 속에서 간신히 치러졌다. 김영삼 정부가 들어서면서 상황이 달라지기 시작했다.

2

93년 감옥에서 출소한 문익환 목사는 새로운 형태의 통일운동을 구상하기 시작했다. 이를 위해 자주평화통일민족회의를 결성하고 통일대회가 정부와 협력하는 형태로 진행하고자 했다.

학생운동을 제외한 다수가 이에 동의했다. 흥미로운 점은 당시는 대외적으로 알려져 있지 않던 민혁당도 그랬다고 한다. 더 흥미있는 것은 김영환의 증언에 따르면 북한에도 이를 타진했으나 김일성의 교시라며 사실상 거부했다고 한다.

남한에서 범민련·민족회의 논쟁이 가열될 무렵 범민련 북측본부 백인준 의장의 서한이 전달되었다. 백인준은 서한에서 범민련을 부정하는 것은 일제 말기 독립의 가능성을 부정하며 궁극적으로 친일파가 되었던 것과 같다고 주장했다. 말이 범민련 북측본부이지 북한의 입장이나 다름없었다.

백인준 의장의 서한을 계기로 주사파가 결집하기 시작했다. 내가 그랬다. 89~91년 노동운동을 하던 나는 공장에서 나와 학원선생 등을 하며 암중모색하고 있었다. 나는 흩어져 있던 주사파 중 일원으로 북한의 기조에 따라 범민련 사수 대열에 동참한다. 그리고 우여곡절을 거쳐 95년말 범민련 남측본부 사무처장이 된다.

3

95년 해방 50돌을 맞아 북한은 조국해방 50돌 경축 행사(남한에서는 이를 민족공동행사라 불렀다)를 제안한다. 북한은 여러 어려움에도 판을 크게 여는 경향이 있다. 94년 김일성의 사망과, 다가올 식량난을 고려하면 경황이 없을 법도 한데 그러했다.

조국해방50돌 행사의 남측 파트너는 범민련 남측본부를 포함한 남한 통일단체와 개인이었다. 전국연합과 민족회의가 주도권을 잡고 다양한 단체를 규합하기 시작했다. 자칫하면 범민련 남측본부가 배제될 수 있는 상황이었다.

상황은 전국연합·민족회의가 주도하는 조국해방 50돌 경축 행사가 열리고 여기서 범민련과 범민족대회가 실종되는가, 아니면 범민련 남측본부가 주최하는 6차 범민족대회가 열릴 수 있는가로 좁혀졌다.

민족공동행사가 보라매 공원에서 열리고 있을 때 범민련 입장에 선 한총련 행사들이 범민련 남측본부가 주최한 서울대 6차 범민족대회에 대거 참여하여 사실상 민족공동행사를 무력화시켜 버린 것이다. 이를 계기로 고사되어 가던 범민련이 기사회생하여 96년 연대사태로 이어지게 되는 것이다.

복잡한 사정이 있지만 생략한다. 당시 상황을 잘 모르면 잘 이해가 되지 않을 것이다. 그냥 스케치 정도로 받아들이면 된다.

4

여기서 통일운동과 관련된 복잡한 논쟁이 벌어진다. 이를 다루는 목적은 남한 운동권에서 한민전과 북한의 입장에 대한 오해 또는 의도적인 왜곡이 있기 때문이다. 따라서 잘 모르는 사람들은 그냥 넘어가도 된다.

93년 김영삼 정부 출범을 계기로 남한 내 주사파가 원칙을 강조하며 강경노선을 걷기 시작한다. 이들은 93~94년 문익환과 전국연합과 민족회의의 입장에 맞서 범민련과 범민족대회를 강조하기 시작한다. 이 입장에 따르면 민족회의는 없어져야 할 조직이고 범민족대회를 고수하면 된다.

그러나 이미 94년 무렵 한민전의 방침은 달랐다. 첫째, 범민련을 고수해야 함을 주장하면서 민족회의도 필요하다고 주장했다. 즉 범민련은 범민족통일운동체, 민족회의는 범국민적통일운동체로 상호보완적인 관계로 봤다. 둘째. 8·15 행사는 가능한 많은 단체가 연합하여 대중적으로 진행되는 것을 중시했다. 따라서 95년처럼 민족공동행사를 무력화시키고 범민족대회를 강행하는 방식은 문제가 있었던 것이다.

96~99년 4년간도 어김없이 통일대회가 열렸다. 여기서 가능한 남한 통일운동단체를 폭넓게 규합하려는 북한과 통일운동을 범민련·한총련을 중심으로 치르려는 주사파의 생각이 충돌했다.

범민족대회 대신 평화통일범민족대회, 평화통일전민족대회·통일대축전, 점, 컴마 논쟁 등이 이 과정에서 벌어진 것이다. 소개할 필요조차 느끼지 않는 지루한 논쟁과 갈등이 있었다. 나는 그 과정에서 많이 소모되었다. 그리고 결정적인 해결책은 대부분 북한에서 결정되었다.

2000년 6·15 공동선언이 있었다. 당장 그해 8·15 행사를 어떻게 할지가 문제였다. 놀랍게도 나는 그 생각을 하지 못하고 있었다. 7월 초·중순 어느 때 범민족대회를 하지 말자는 팩스가 전해졌다. 당연한 이야기였다. 남북정상회담을 한 마당에 그 한쪽 당사자인 김대중 정부를 비난하는 행사를 가질 수는 없기 때문이다 그럼에도 그에 대해 생각을 하지 못했던 것은 대부분의 행사를 기획하는 쪽이 북한이었기 때문이다.

언론은 8·15 행사를 하지 않겠다는 범민련의 주장을 단신으로 처리했다. 어차피 북한 입장을 따를 거라면 범민련 입장이 중요할 일이 없었기 때문이다.

명동성당 앞이었다. 우리는 올해 8·15 대회를 열지 않겠다는 입장을 밝히는 기자회견을 자청했다. 범민련 행사에는 기자들이 오지 않는다. 그날도 노상에서 형식적으로 진행하는 양상이었는데 한겨레신문 기자가 질문을 했다.

대충 이런 내용이었다. 그것이 북한의 입장인가?

나는 범민련 남북·해외의 입장이라고 주장했지만 나도 한겨레신문 기자도 겸연쩍게 웃었다.

"그랬군 …."

결국 범민련이란, 북한 당국의 입장에 종속된 존재였다. 당연한 이야기였지만 그날의 대화와 한겨레신문 기자의 묘한 웃음이 지금도 서늘하게 남아 있다.

강령 등

1

85년 한민전은 민족자주선언을 발표한다. 선언의 핵심은 …

"8·15 광복의 그날 우리 민중이 열망한 것은 통일·독립된 내 나라에서 내가 주인이 되어 번영하는 민족의 새 역사를 창조하는 것이었으나 이 땅에 펼쳐진 현실은 남이 주인 노릇하는 새로운 지배와 예속이었다. 참으로 '한국'의 지나온 40년 역사는 민족 자활이 아니라 망국의 가속화 과정이었고 독립이 아니라 예속의 확대재생산 과정이었으며 국민 복지가 아니라 사회적 재앙의 확산 과정이었다.

한국은 미국의 완전한 식민지이며 과거 만주국의 현대적 재판이다"이다. 한마디로 한국은 미국의 식민지라는 것이다.

한민전 민족자주선언 이전의 운동권들이 작성한 모든 문서는 기본적으로 반독재이다. 독재가 너무 싫다며 파쇼 독재하는 식이다.

한민전이 운동 지형을 바꿔 놓았다. 대표적인 것이 전대협이다. 전대협은 강령 1번에서 "미국을 반대하고 모든 외세의 부당한 정치·군사·문화적 간섭과 침략을 막아내고 목숨보다 소중한 민족의 자주권을 회복하여 조국의 자주화를 이룩한다."

전대협 강령은 한민전 민족자주선언을 사실상 베낀 것이다.

89년 윤민석이 작곡한 전대협 진군가는 다음과 같다. "일어섰다. 우리 청년학생들 민족의 해방을 위해~" 학생들이 학업을 팽개치고 거리에서 투쟁을 하는 이유는 민주주의가 아니라 '민족의 해방'을 위해서이다.

전대협은 6월 민주화운동을 통해 결성되었다. 사람들은 전대협이 민주주의를 위해 싸웠다고 생각하지만 정작 전대협은 민주주의를 넘어 자주와 통일이 보다 중요하다고 생각했다. 따라서 80년대 후반에서 90년대 초반 만들어진 운동권 노래들에서 민주주의 이야기보다는 반미나 통일 이야기가 압도적으로 많다.

한민전 민족자주선언과 유사한 조직으로는 민주노동자전국회의가 꼽힌다.

2

85년 전학련·삼민투는 자신의 지향을 민족·민주·민중 즉, '삼민'으로 표현했다. 사실 삼민은 수사 과정에서 편의적으로 붙인 이름이다. 삼민에서 가장 중요한 것은 역시 민주였다. 민주가 중심인데 양김 씨의 민주주의와 구분하기 위해 민족·민중을 갖다 붙이는 양상이었다.

주사파가 도입되면서 삼민은 역사 속으로 사라지고 이를 자주민주통일이 대체했다. 줄여서 자민통이라 한다. 자민통은 주사파 또는 NL을 부르는 약칭으로 쓰이기도 한다. 자주민주통일에서 중심은 자주이다. 그래서 90년대 초반에는 자주와 통일이 없이는 민주가 없다는 구호가 많이 불렸다.

자주민주통일은 70년 조선노동당 4차 당 대회에서 채택된 것이다. 87년 12월 인문대 학생회장 신분으로 경찰서에 연행되었을 때 경찰은 내게 자주민주통일의 출처에 대해 물었다. 내가 너무 몰랐던 것 같다. 나는 이상한 질문을 한다고 생각했다.

기억이 정확하진 않지만 87년 총학생회 선거 유세에서 ###이 자주민주통일을 들고 나왔던 것 같다. 위 형사의 질문도 그 연장선에 있었다. 경찰서의 개인 의견이라기보다는 고위급에서 탐문을 지시했던 것 같다. 돌이켜 보면 정확한 방향이다. 논리보다 중요한 것은 쓰는 용어인데 자민통은 주사파가 등장했음을 알리는 신호탄 같은 것이었다.

3

70년대 후반에 활동했던 남민전의 공식명칭은 남조선민족해방전선이다. 주의할 것은 남조선이라는 점이다. 한국 사람이라면 이것만으로 남민전의 이적성을 판단하는 데 부족함이 없다.

민주화운동 이전 보수진영 단체들의 이름은 주로 '한-'과 연결된다. 대한노총, 대한노인회, 뭐 이런 식이다. 80년대 민중운동이 성장하면서 운동단체들은 주로 '전-'을 사용했다. 전민련, 전국연합, 전교조 등이다. 아마도 '한-'과 구분하기 위해 그렇게 한 것인데 '전'이 남한을 의미하는지 북한까지를 포괄하는 한반도 전체를 의미하는지는 불분명했다.

85년 한민전이 창립되었다. 북한은 좀처럼 '한'을 사용하지 않는다. 식민지인 한국을 인정하기 어렵기 때문이다. 한민전에서 이름에 '한'을 사용했다는 것은 그만큼 심혈을 기울였다는 의미로 보인다.

한민전과 주사파에 대한 인식이 확산되면 전대협이 전총련이 아니라 한총련으로 바뀐다. 92년 6기 전대협 영상들에서는 대부분 건설 전총련 등으로 표기되어 있다. 그러나 실제로 조직을 결성하는 과정에 한민전의 '한'을 사용한 한총련으로 변화한다. 그만큼 한총련은 한민전에 대한 종속 상태에 있었다. 한민전의 한을 사용한 조직으로 한청이 있다.

원래대로라면 전교조, 전농 등에도 '한'으로 이름을 바꿔 한교조, 한농 등으로 해야 하나 주체사상은 학생을 넘지 못했다.

4

「한민전가」라는 노래가 있다.

우리는 승리하리라 우리는 민중의 아들 / 조국의 자주와 통일 우리의 사명

한민전의 기치를 높이 들어라 / 조국의 해방이 동터오른다

서울대 학생들은 '한민전의 기치를'을 '자주관악 기치를'이라고 살짝 가사를 바꾸어 불렀다. 최근 우연히 발견한 것인데 93년 발간한 『전대협 6년사』 사진집에는 한민전가에서 '한민전의 기치를'을 '대동단결의 기치로'로 살짝 바꿔 놓았다.

기타 깃발과 용어

86년 아시안게임과 88년 서울올림픽 때 공동개최 및 단일팀 문제 등이 논의되었다. 실제 단일팀은 성사되기도 했다. 체육행사는 나라가 참가 단위이므로 나라를 상징하는 국호·국기 등을 정비해야 한다. 이를 위해 남북이 태극기·인공기 대신 단일기(한반도기)를 쓰기로 했다. 덕분에 90년대 이래 단일기는 통일운동의 상징이었다.

사실 이 정도는 김구·문익환의 노선을 이어받은 것이다. 김구는 48년 북한을 방문할 때 "38선을 베고 쓰러질지언정 단독정부에 협조하지 않겠다"라고 주장한다. 단독정부가 이승만의 길이고 단독정부를 부정하는 것이 김구의 길이다. 80년대 이후의 운동권도 단독정부를 계승한 대한민국 대신 가상의 통일조국을 염두에 두고 통일운동을 했다. 따라서 단일기에 담긴 운동권의 사상은 소프트한 반국가이념이다.

별 것 아닌 것 같지만 중요한 것이 남과 북을 부르는 호칭이다. 남한·북한, 남조선·북조선이라고 부르기 애매하므로 남측·북측이라 합의했다. 필자가 범민련 남측본부 사무처장인 것도 그런 이유이다. 아무 것도 아닌 것 같지만 90년대 통일운동, 주사파는 이를 매우 중시했다.

주사파는 역사 속에 많이 사라졌다. 불과 수십 년 만에 한민전이 사라진 것은 어느 날 갑자기 공룡이 사라진 것과 유사하다. 그럼에도 흔적이 남아 있다. 나는 2019년 조국 사태 이래 다시 사회문제에 관심을 갖기 시작했는데 마치 주문처럼 귀에 들어와 박힌다.

문재인 대통령의 능라도 연설과 이인영 장관의 청문회 발언이 그랬다. 문재인 대통령은 자신을 대한민국 대통령 문재인이라 부르지 않고 "남쪽 대통령"으로 호칭한다. 한편 이인영 장관도 "북한"을 "북한"이라 부르지 않고 "북"이라 호칭한다. 문재인과 이인영 장관뿐 아니라 민주당에서 운동권 성향이 강한 사람들은 예외 없이 그렇게 발음한다. 확인해 보기 바란다.

한민전 그리고 주사파 그리고 통일운동이 있었다. 우리는 우리들의 맹세를 상징 속에 조심히 담았다. 그중 하나가 북한을 '북'이라고 부르는 것이다. 북한에서 기어코 '한'을 빼야 하는 이유는 거기에 역사와 통일문제를 보는 원칙적인 입장이 있다고 믿기 때문이다.

그렇게까지 볼 이유가 있는가? 나는 적당히 넘어가고 된다고 본다. 내가 하고 싶은 이야기는 90년대 우리가 그러했고, 그것을 원칙처럼 지키려는 어떤 습속이 남아 있다는 이야기다.

에필로그

1

5·18 이후 북한은 남한 운동권에 대한 본격적인 개입을 시작했다. 개입은 전방위적이었다. 그중 내가 기억하고 경험한 것은 예속과 함성, 김남식 그리고 한민전이었다.

예속과 함성은 한국의 민중운동이 반독재가 아니라 반미를 지향해야 함을, 김남식은 운동이 박헌영과 남로당이 아니라 김일성과 북한을 정통으로 봐야 한다고 주장했다.

결정적이었던 것은 한민전이다. 85년 7월 북한은 68년 와해되었던 통혁당이 69년 재건되었다고 주장하고 있었다. 북한은 통혁당을 한민전으로 이름을 바꿨는데 이는 한국의 민중운동에 본격 개입하겠다는 징표와 같았다.

개입이 어떤 형태로 이뤄졌는지는 알 수 없다. 87년 6월 민주화운동 국면에서 한민전 방송은 효과적으로 학생운동에 파고들었고 6월 민주화운동을 거치며 한민전을 전위조직이라 믿는 주사파 대오가 학생운동을 완전히 장악했다.

한민전이 위장조직임은 90년대 초반 노동당과 연계를 가졌던 민혁당, 중부지역당 등에 드러났다.

민혁당, 중부지역당의 존재를 확인할 수 없었던 90년대 중후반 한민전은 여전히 학생운동에 강한 영향을 미쳤다. 한민전은 주로 88년 노태우 정권, 93년 김영삼 정권을 식민지 대리정권으로 보고 그의 타도 투쟁을 주문했는데 이것이 민주주의가 발전하고 경제가 발전하는 추세와 맞물려 한총련의 몰락으로 귀결되었다.

2000년대가 되면 한민전의 위상은 급격히 추락한다. 북한은 한민전을 반제민전으로 바꾸고 한민전 이외의 경로를 도모하기 시작한다. 대표적인 것이 **'군자산의 약속'**이다. 결국 한민전 현상은 85~2000년까지 주로 학생운동 주사파를 중심으로 형성되었다가 소멸한 한시적 흐름이었다.

그러나 당시 한민전을 전위조직이라 생각했던 정치인들 및 진보적 지식인이 상당히 많은 데다, 학생운동의 영향을 받았던 학생들이 40~50대라는 점에서 한민전 문제는 일시적 현상을 훨씬 뛰어넘으므로 한국 사회를 분석할 때 여전히 필요한 주제일 것이다.

2

사람들은 대부분 한민전을 모를 것이다. 필자는 2019년 조국 사태를 계기로 다시금 사회문제에 관심을 갖게 되었는데 이는 나 또한 정말 까마득하게 잊었던 단어였다.

한민전이 잊힌 것은 의도적인 망각 때문이다. 80~90년대 학생운동은 한민전 및 북한과 긴밀히 연관되어 있었다. 80~90년대 학생운동 출신들은 사회에 진출하면서 민주화운동에 헌신했던 긍정적인 측면은 남기고 북한과 연루되었던 부정적인 측면은 지웠다. 놀라운 것은 수십 년간에 걸쳐 그와 연루된 활동가뿐 아니라 그 세대 상당수가 한민전을 조금씩 망각하는 방향으로 손을 썼다는 데 있다.

특별히 이 작업을 지휘한 사람도 없었다. 그들 모두는 어려서부터 투쟁과 조직으로 단련된, 그야말로 백전노장이었다. 그들은 불필요한 논란을 자제하고 조금씩 조금씩 민주화운동에서 북한과 관련된 흔적들을 지워나갔다. 민주화운동의 북한 연루 중에서 도저히 어쩔 수 없었던 것이 북한에서 송출된 한민전 방송이다. 따라서 한민전에 관한한 그 단어 자체를 지우는 것을 묵계로 삼은 듯하다. 돌이켜 보면 놀라운 작업이었다.

역사는 유기체와 같아서 하나를 지운다고 나머지가 온전할 리 없다. 북한과 한민전을 지웠다고 해서 북한, 한민전과 함께 얼룩진 한국 민주주의의 왜곡된 흔적이 사라지지는 않는다.

우리는 2019년 조국 사태를 계기로 다른 길을 걷고 있다. 그들은 87년 6월 민주화운동 때도 옳았고 2000년대 촛불과 문재인 정권, 나아가 민주당의 이재명 체제도 옳다고 믿는 것 같다. 그렇다면 6월 민주화운동에서 강력한 영향을 미친 한민전과 북한의 민주화 노선도 옳다는 이야기다.

그들은 윤석열 정권을 친일매국 정권으로 규정하고 사람다운 또는 민중이 주인되는 민주주의를 주창하며 선거를 통해 들어선 정권을 언제라도 민중항쟁을 통해 끌어내릴 수 있다고 생각한다. 검찰이나 조중동 언론에 대한 비난도 도를 넘어선 지 오래다.

그들의 주장 대부분은 87년 6월 민주화운동에서 우리가 함께 외쳤던 주장이고, 그들 중 상당 부분은 북한과 한민전이 공동 소유권을 갖고 있다. 나는 이 책을 통해 6월 민주화운동의 긍정적인 유산을 보전하되 그것의 부정적인 유산인 북한 및 한민전과 연루된 주장을 청산해야 한다고 역설한다.

내가 근본적으로 하려고 하는 일은 2019년 조국 사태 이후 극단을 치닫고 있는 운동권 정치를 청산하는 것이지만, 그건 지금 내가 할 수 있는 일은 아니다. 따라서 이 책의 목표는 운동권 정치인들이 지금 주장하는 바가 틀렸음을, 그들의 뿌리 중 하나인 한민전을 통해 폭로하는 것이다.

3부 운동권 열전

"

지하운동이나 그 비슷한 경력을 했던 사람들은 이해가 될 것이다. 무언가 켕기는 것이 없으면 자신만만해지는 반면 무언가 숨겨야 하는 것이 있으면 조심스럽고 신중해진다. 안희정이나 김경수는 반미청년회, 자민통 그룹 경력이 드러나면 드러날수록 연쇄적으로 문제가 되기 때문에 학생운동 경력 전체를 가능한 축소하려는 반면, 정청래는 드러나 봐야 별것이 없기 때문에 소리가 큰 것 같다.

안희정

1

안희정이 2016년 11월 펴낸 책, 『안희정의 함께, 혁명』이라는 책이 있다. 2017년에 대선에 출마했으니 대선 출마를 앞두고 자신을 피알하기 위해 책을 냈을 것이다. 대권 주자라면 우리는 그에 대해 많은 것을 알 의무와 권리가 있다. 필자는 이 중 그의 학생운동 경력과 사상에 초점을 맞춰 보겠다.

그는 대학에 가기 전에 혁명을 꿈꿨다고 한다. 「열여섯 소년의 혁명」이라는 제목의 장에서는 20쪽~25쪽에 걸쳐 고향 논산의 풍경과 함께 혁명에 대해 꿈꾸게 되었던 과정을 자세하게 말한다. 결국, 혁명을 하기 위해서는 대학을 갈 수밖에 없어 고대 철학과 83학번에 입학한다. 그는 대학 입학 이후 운동에 뛰어든 과정을 이렇게 말한다.

"1986년 '건국대학교 투쟁'을 고려대학교 지하 서클인 애국학생회가 주도했는데 나는 그 일로 한 차례 수감되었다. 그리고 이듬해인 1988년 반미청년회 사건으로 또 한 차례 수감되었다."

그리고 안기부에 연행되어 취조받는 과정을 길게(27쪽~31쪽) 문학적으로 묘사한 후 결론적으로 "사회변화는 민주주의 틀 내에서 국민들과 함께 안정적으로 이끌어야 한다는 깨달음, 그리고 그 과정이 바로 정치라는 것"을 깨닫고 정치에 뛰어들었다고 쓰고 있다.

2

나는 안희정 씨에 대해 이리저리 말하는 소리를 들었다. 내가 들었던 이야기는 리더십이 있고 다정다감한 사람이라는 평가가 주류였다.

2004년 나는 그를 서울구치소 면회실에서 만났다. 정치인들과 양심수들은 요시찰로 분류되어 수감된 방에서 면회실까지 교도관의 일대일 경호를 받은 뒤 면회도 일대일로 한다. 그 과정에서 잠시 면회실에 대기하게 되는데 그때 잠시 만났던 적이 있다. 내가 국가보안법으로 들어왔다고 하자 내게 따뜻한 미소로 위로했다. 20년 전 일이고 만난 것도 불과 1~2분이라서 기억이 정확한지는 알 수 없지만 말이다.

한참 시간이 지나서 그가 여자 문제로 감옥살이를 하는 것을 보고 짠한 마음이 들곤 했다. 대권 후보까지 올랐던 사람이었기에 더 많은 연민의 감정을 갖기도 했던 것 같다. 그리고 학생운동 출신 중에서는 그래도 괜찮은 사람이라는 생각이 들기도 한다.

나는 정치인 안희정을 결정적으로 옭아맨 여성 문제보다 이 책의 학생운동 관련 부분을 좀더 심각하게 생각한다. 안희정 본인이 말했듯이 책 제목에 '혁명'이라는 문구가 있고 책 전반에 흐르는 정신도 혁명과 같은 근본적인 문구로 가득했다.

물론 대중 정치인이 된 마당에 주체사상 같은 이야기를 함부로 하기는 어려울 것이다. 그러나 혁명을 논하면서 그가 벌인 학생운동의 정점에 있었을 주체사상 문제를 거론하지 않는 것은 같은 시대, 그리고 혁명을 함께 논했던 나로서는 받아들기가 어렵다. 혁명과 정의와 휴머니즘을 논하려면 안희정은 보다 정직하게 자신의 과거를 말했어야 한다.

3

반미청년회는 구국학생연맹과 더불어 한국의 자생 주사파의 대표조직이다. 게다가 사실상 전대협을 주도했다는 점에서는 주사파 운동에 획을 그은 조직이기도 하다. 안희정이 반미청년회에서 어느 정도 역할을 했는가는 잘 모르겠다. 그에 대한 증언을 그러모을 생각이다.

안희정은 운동권 출신인 다른 정치인과는 달리 정치 노선과 사상 및 이념의 문제에 대해 상대적으로 상세하게 묘사한다.

16살에 『계간 창작과 비평』과 『다리』 등을 통해 전태일의 죽음을 알게 되었다. 황석영의 소설, 『어둠의 자식들』, 김지하의 시 「오적」이 내 머리와 심장에 흘러들었다. 그리고 샤르트르의 말은 나를 강타했다. "지식인은 부르주아 계급의 창녀다." 그에 이어 김학준의 『러시아 혁명사』, E.H. 카Carr의 『역사란 무엇인가』, 한완상의 『민중과 지식인』 등을 읽었다고 소개한다.

그러나 안희정의 사상편력과 독서 이력은 대학에 들어서면서 갑자기 끊긴다. 그리고 그 자리를 안기부에서 취조받는 소설에 감상문 투로 바뀌면서 대학 시절에 그가 읽었을 책 목록과 사상편력은 슬그머니 사라진다.

결국, 대학 시절 이야기는 하고 싶지 않다는 이야기다. 그리고 이는 80년대 후반에서 90년대 초반 정도에 대학 시절을 보내고 고위급 정치인이 된 사람들이 공통으로 갖고 있는 특징이다.

더 조사는 해봐야 하겠지만 70년대 운동권 즉 이해찬, 김부겸, 유시민 등은 학창시절에 대해 자세히 묘사한다. 그들은 대학 시절 경험이 그들의 정치 인생에 도움이 된다고 믿고 있기 때문이다. 그런데 80년대 중반 학번 출신의 학생운동 출신에서는 그것이 모두 사라진다. 왜냐하면 그 시절은 북한·주체사상과 연루되어 있기 때문에 그것을 밝히는 것이 불리하다고 봤기 때문일 것이다.

안희정은 그나마 나은 사례인데 안희정조차 학생 시절, 사상과 독서편력 등은 거의 완벽하게 사라졌다.

4

어쩌면 이 지점이 한국 학생운동의 최대 비극인 듯하다. 일단 학생운동이 주체사상에 물든 것이 비극이기는 하지만 조금 더 일찍 사상적 정화·고백 작업을 했어야 한다. 그들 모두가 한때 주체사상에 물들었던 과거를 집단 은폐하기로 한 뒤 나이를 먹고 제도권에 입성하면서 문제가 생겼다.

한국 사회는 이제 한때 주사파였던 대통령이 나올 뻔했고 한때 주사파였던 국회의원들은 득실득실하며 한때 주사파였던 교수 및 판사 등도 셀 수 없이 많다.

아마 그들은 주사파였던 자신의 과거뿐 아니라 그 사실 자체를 적당히 묻고 있을 것이다. 아마도 그들은 과거 기억 중 주사파·북한과 연루된 기억들을 마음 깊은 곳에 묻어 둔 채 공적인 영역, 자서전을 쓰거나 국회의원에 출마할 때는 그런 일이 없던 것처럼 자신을 속이고 있는 것처럼 보인다. 그것이 너무 오랜 기간 성공적으로 작동하여 지금은 그것을 은폐하려는 행위·의식이 없는 것처럼 되었다.

5

안희정이 자신의 저서에 혁명과 정의, 휴머니즘에 대해 말했다면 학생운동 시절, 자신의 사상에 대해 진지하게 대면했어야 한다. 만약 자신의 과거에 대해 말하지 않으려면 그것을 묻어 두고 경제와 지방자치 및 과학기술 같은 용어로 채웠어야 한다. 그도 이상하긴 하지만 그나마 말은 될 것이다.

김경수

1

김경수가 14년에 낸 책, 『사람이 있었네』가 있다. 역시 그의 학생운동 경력에 주목해보자.

재수해서 서울대 인류학과 86학번에 입학했다고 한다. 한국 학생운동에서 가장 격렬했던 시기가 86~92년 정도이다. 투쟁의 규모나 사상편력에서 다른 시기를 압도한다. 그것도 서울대 사회대였으니 김경수는 학생운동의 정점에 있었던 셈이다. 그는 책에서 86년 김세진·이재호 분신, 87년 1월 박종철 사망, 87년 6월 민주화운동 등을 언급한다. 그리고 수원 공장에서 공장 노동자 생활을 했던 경력까지 덧붙인다.

세 번 구속되었다고 한다. 한 번은 88년, 89년, 91년이다. 88년은 3학년이었으니 별것이 없을 것 같다. 89년은 총학생회 학술부장으로 '북한 바로 알기 운동' 때문에 구속되었고 91년에 구속된 것은 서울대 민족해방활동가조직 또는 자민통 그룹 때문인 듯하다.

2

먼저 89년 사건부터 분석해 보자. 사람들은 총학생회 기관지에 북한 관련 내용을 소개했는데 그걸 가지고 설레발을 치는 것은 '오버'라고 생각할지 모른다. 그런데 당시는 그것이 운동의 중심에 있었다.

86~87년 주체사상이 도입되었지만, 당시는 투쟁하기에 바빴다. 차분히 공부할 시간이 없었다. 나도 87년에 김정일의 『주체사상에 대하여』를 동료로부터 전해 받고는(처음 본 것은 86년이다) 일과를 마치고 힐끗 보는 수준이었다.

이른바 주사파가 본격화된 것은 87년 6월 민주화운동이 끝나고 투쟁과 함께 공부할 여력이 생기면서부터이다. 학생들은 대담하게도 지하 서클을 넘어 서적과 학술잡지 및 대학신문 등에서 공공연히 이를 전파하기 시작한다.

아래 사건은 서울대 사회학과 85학번 최연구가 주체사상 관련 글을 게재했다고 문제가 된 사건(88년 9월)이다. 내가 이름까지 정확하게 기억하고 있는 이유는 그만큼 당시는 중요했던 사건이고 한민전 방송에서도 자세히 소개되었기 때문이다.

정치 : 정치일반

주체사상 학보게재 서울대생 자진출두

중앙일보 | 입력 1988.09.09 01:00 지면보기 ⓘ

지난달 29일자 서울대「대학신문」 에 북한의 「주체사상」 을 소개한 논문을 실어 물의를 빚었던 서울대생 최연구 군 (22·사회4)이 8일 오후 서울관악경찰서에 자진출두, 조사를 받고있다.
최군은 「유물변증법과 주체사상」 이라는 제목으로「주체사상」 을 소개해 그동안 경찰의 수배를 받아왔다.

출처_중앙일보 화면 캡처

김경수가 '북한 바로 알기'에 연루되었다가 구속된 까닭도 88년 이후 이른바 주사파의 확산기에 총학생회 학술부가 그 선두에 있었기 때문이다. 그럼에도 학술부가 주사파의 전위였다고 보기는 어렵다. 여전히 주사파는 지하에 중심을 두고 있었다. 그런 면에 91년 사건은 만만치가 않다.

3

91년 3번째 구속에 대한 김경수의 설명은 다음과 같다.

"노태우 정권 말기인 1991년, 경찰에서 서울대 학생운동 조직을 '반국가단체'로 조작, 둔갑시켜 대대적으로 발표했고 … 자신은 집행유예로 풀려났고 … 검찰의 무리한 기소가 낳은 당연한 결과였다(42쪽)."

이게 자민통 그룹인지 서울대 민족해방활동가조직인지 구분은 되지 않는다. 일단 나는 자민통 그룹이라고 들었다. 더 조사는 해봐야겠지만 지금 시점에서 보면 본질은 같다. 그들 모두 주체사상을 기본으로 하는 혁명조직이었고 김경수는 5~6학년으로 거기에 소속되어 활동했다는 점이다.

3번째 구속이 검찰의 무리한 기소였다는 주장은 사실이 아니다. 이는 당시 상황을 아는 사람이라면 굳이 특별한 탐문이나 조사 없이도 그냥 알고 있는 내용이었다. 당시 주요 대학 운동권에는 주체사상을 지도이념으로 하는 혁명조직들이 범람했고 공안기관은 이 때문에 애를 먹었다. 이를 증언해줄 사람은 생각보다 많다.

가장 불가사의한 점은, 동시대를 살았기에 김경수의 주장이 사실무근이라는 점을 잘 알고 있음에도 애써 침묵하거나 김경수의 허위 주장을 용인하고 있는 '청년들'이 너무도 많다는 데 있다.

김경수가 고향에 은거하여 자신만의 세계를 일구며 살고 있다면 그럴 수도 있겠다 싶다. 굳이 옛날 일을 들춰내서 잘살고 있는 사람을 흠집 낼 필요는 없으니까. 그러나 김경수는 사정이 다르다. 그는 2017년 대선에서 문재인 후보를 도와 드루킹 사건을 일으켰고 차기 대권 주자로도 거론되었던 사람이다. 무엇보다 과거 자신의 행동이 '검찰의 무리한 기소'라고 주장하는 확신범이며 그 연장선에서 2020년대의 검찰을 바로잡아야 한다고 주장하고 있기 때문이다.

4

그러고는 좋은 말들이 이어진다. 제목도 '사람도 있었네'이다. 필자의 개인적인 기억을 돌아보자면 나는 드루킹 사건이 처음 났을 때 "그런 적이 없다"는 김경수의 인터뷰를 지금도 기억한다. 내가 볼 때 드루킹 사건은 도를 넘은 것이고 아무리 정치적 맥락에서 다양한 행동이 용인되더라도 선거 왜곡·조작은 그것과는 차원이 다른 문제이며 우리가 알고 있는 민주세력이 그렇게 할 리는 없다고 봤다. 당연히 김경수는 사실을 말한다고 생각했다. 나는 순진하게도 거짓과 위선은 언제나 보수세력의 전유물이었다고 믿었다.

믿음이 무너진 것은 그다지 오래지 않았다. 조국과 한명숙, 김경수 및 윤미향 등, 이른바 민주진영의 도를 넘는 행위가 이어졌다.

민주진영의 이 이상한 행보의 시작이 어디인지 잘 모르겠다. 나는 그 시작 어딘가에 주체사상을 신봉하는 혁명조직에 일했던 사람이 자신의 행동을 검찰의 무리한 기소 때문이라 주장하고 이 터무니없는 거짓말을, 사실을 아는 주변에서 버젓이 방조하는 태도와 풍토가 있다고 생각한다.

5

나머지 좋은 말들은 넘어가자, '사람이 있었네'라고 호들갑스럽게 제목을 단 그의 나머지 이야기들도 그냥 넘어가기로 한다. 그가 무슨 말을 하든 김경수는 일단 드루킹 어딘가에서 끝났다.

정청래

1

정청래가 2015년에 쓴 책, 『거침없이 정청래(자음과모음)』를 학생운동 경력에 한정해서 소감을 말하고자 한다.

본인이 밝힌 경력은 다음과 같다. 재수해서 건국대 산업공학과 85학번에 입학했고 4학년이던 88년 공동올림픽 쟁취 투쟁위원회 위원장(공동올림픽 쟁취 및 조국의 자주적 평화통일을 위한 특별위원회, 이하 조통특위)으로 안기부에 연행되어 구속되었다고 한다. 이어 89년 10월 미 대사관에 난입하여 2차 구속되었다고 한다.

2

88년 공동올림픽 투쟁위원회는 각 대학에서 벌어진 일이라 특이하진 않다. 특이한 것은 안기부에 연행되었다는 사실이다. 보통 건대 4학년 운동권 학생을 안기부에서 연행하지는 않는다. 뭔가 더 있어야 한다. 그의 책에는 …

"이 새끼, 진짜 악질 맞네. 이렇게 두들겨 맞아도 또 일어나고. 아주 완전 빨갱이야, 빨갱이. 빨갱이 교육을 아주 제대로 받은 놈이야. 너 김** 알아? 그 새끼 지금 어디 있어?"라는 대목이 있다.

정청래의 지하 운동 경력에서 자민통 그룹이라는 글들이 있으나 확인하지 못했다. 안기부 취조도 정청래에게 무언가를 불게 하기 위해 그랬다기보다는 다른 누군가를 찾기 위해 구타를 한 것으로 보인다.

전체적으로 보면 정청래의 88년 경력은 오픈이 기본이고 별다른 언더 경력은 없는 것 같다. 89년 10월 미 대사관 점거도 비슷하다.

3

정청래의 학생운동 경력에서 특이한 것은 다음 세 가지다. 하나는 안희정과 김경수 등이 학생운동 경력을 숨기려고 하는데 비해 그는 학생운동 경력을 과장하려는 경향이 있다. 이는 그가 지하 운동 경력이 없거나 별 것 아니기 때문이다.

지하운동이나 그 비슷한 경력을 했던 사람들은 이해가 될 것이다. 무언가 켕기는 것이 없으면 자신만만해지는 반면 무언가 숨겨야 하는 것이 있으면 조심스럽고 신중해진다.

앞서 말한 안희정이나 김경수는 반미청년회, 자민통 그룹 경력이 드러나면 드러날수록 연쇄적으로 문제가 되기 때문에 학생운동 경력 전체를 가능한 축소하려는 반면, 정청래는 드러나 봐야 별것이 없기 때문에 소리가 큰 것 같다.

둘째는 사상적 편력이다. 정청래는 자신의 학생운동 경력에 대해 비교적 자세히 소개한다. 그러나 그것은 안희정과 유사하다. 안희정은 결정적인 대목에서 주체사상과 반미청년회 관련 내용 등은 대부분 누락하고 안기부 취조실에서 있었던 일을 자세하고도 시시콜콜 묘사한다.

학생운동 시절 이야기를 하고 싶지 않거나 고난과 역경, 시련과 고통이라는 감상적이고 문학적인 서사에 빗대어 어물쩍 넘어가려는 시도이다. 덕분에 안희정과 김경수 모두 후반부에 엉뚱하게 신영복이 등장하고 '사람이 있었네'와 같은 상투적인 주장으로 끝난다.

안희정과 김경수의 책을 읽다 보면 그들의 사상은 막스·레닌주의·케인주의라기보다는 사람을 좋아하고 불의에 저항하는 공자·맹자 또는 흥부·놀부교의 일원이다. 정청래로 오면 상황이 더욱 심각해진다. 이 사람의 사상은 미국과 기득권, 독재정권, 불의, 저항, 투쟁, 동지 및 사람 등이다. 한마디로 '사상'이란 게 없다.

안희정과 김경수 및 정청래가 보여주는 특징은 78학번 유시민과는 상당히 다르다. 유시민은 자신의 사상을 구체적으로 묘사한다. E.H 카의 책을 읽었고 신채호의 역사관을 받아들였으며 주체사상은 어떤 지점에서 받아들일 수 없었다고 자신의 사상편력 과정을 소개한다. (물론 유시민도 어느 지점에서 '뻥'이다. 그건 다음에 서술하련다)

반면 안희정과 김경수와 정청래에게는 그런 구체성이 없다. 이 대목이 본 시리즈의 결정적인 특징인데 일단 안희정과 김경수 등은 숨기고자 하는 게 있어 꼬였지만, 정청래는 실제로 그런 것 같다.

셋째는 병역 문제이다. 병역 문제는 생각보다 중요한 주제이다. 결과적으로 안희정과 김경수와 정청래는 모두 군에 가지 않았다. 현 민주당 운동권 출신 국회의원 중 다수가 80년대 중후반 학번이고 이들 다수가 학생운동 과정에서 군대를 가지 않았다. 이는 민주당 운동권 출신 국회의원의 중요한 특징 중 하나다. 한국 역사에서 특정 집단이 집단적으로 군 면제를 받은 것은 아마도 이 집단이 유일하고 압도적일 것이다(이에 대해서는 후술한다).

4

학생운동과 학생운동 출신의 정치 진출에서 정청래는 대단히 중요한 인물이다. 86~92년은 학생운동의 전성기이다. 이 시기 수많은 학생이 반미와 애국, 투쟁, 저항, 신념, 동지, 사람, 인간애라는 사상을 갖고 투쟁했다.

91년 5월 강경대 투쟁, 96년 8월 연대사태를 회고하는 많은 사람들이 지금도 당시를 그렇게 묘사한다. 우리는 조국을 위해 열심히 싸웠고 앞으로도 그래야 한다고 …. 91년 꽃다운 청년들이 분신하고, 97년 한총련 출범식 때 이석 치사 사건이 있었는데도 말이다.

정청래의 기억과 묘사도 그러하다. 88년 6월 '공동올림픽 쟁취'가 지금 어떤 의미가 있고 89년 미 대사(도널드 그레그)를 처단하는 것을 어떻게 평가해야 하는지에 대한 고민은 아예 존재하지 않는다.

그는 86~92년 막무가내로 조국을 위해 싸웠던 청년들을 대표하는 진정한 돈키호테, 람보, 근육질의 남자다. 그리고 훗날, 이 DNA가 이른바 촛불로 이어졌다.

송영길

1

송영길이 2009년 낸 책, 『벽을 문으로』에서 학생운동 부분을 다룬다.

광주 대동고 출신으로 광주사태를 경험한 뒤 연대 경영학과 81학번에 입학한다. 84년 학원 자율화가 되면서 직선 총학생회가 들어서는데 이때 서울대와 연고대가 중심이 된다. 서울대 이정우, 연대 송영길, 고대 김영춘으로 주사파가 본격 등장하기 이전 학생운동의 중흥기를 이끌었던 사람 중 하나가 바로 그다.

그는 기독교와 막스·레닌주의에 대해 언급한 후 49~54쪽에 걸쳐 꽤 길게 주사에 대해 다룬다. 81학번이면 5~6학년으로 꽤 민감한 시기에 주체사상을 접했을 법한데 좌충우돌 종잡기 어려운 이야기로 가득하다.

박헌영 미제 간첩설, 타도 제국주의동맹, 김영환과 만났던 이야기 등을 다루는데 주체사상의 역사에서 보면 지류에 해당하는 내용이다. 사실과 다른 주장들도 꽤 많다.

그는 "주사파, 즉 주체사상을 북한과의 연결없이 자발적으로 수용하고 실천하고자 하는 운동권 정파를 이렇게 부른다(밑줄 참조)." 이게 오타라야 하는데 앞에서 주사를 다룬 수준을 고려하면 실제로 그렇게 믿었겠다 싶다가도 송영길의 비중을 고려하면 납득하기가 어렵다.

"북한이 주장하는 민족민주주의 인민혁명이 필요하다"는 논리였다. 정식 명칭은 민족해방인민민주주의이고 남한에서는 인민을 살짝 민중으로 바꾸어 불렀다. 간혹 관변 자료에서 민족해방민주주의혁명으로 부르기도 하는데 이건 공부가 짧아서 벌어진 일이다.

50~51쪽에 걸쳐 타도 제국주의동맹을 다룬 것도 기이하다. 북한은 26년 김일성이 14살에 만들었다는 타도 제국주의동맹(이걸

폼 잡아 ㅌㄷ라 부른다)을 많은 것의 시원으로 생각한다. 누가 봐도 말이 안 되기 때문에 북한을 편하게 비판하고자 하는 학자들이 즐겨 인용하는 사례이다. 송영길의 수준을 고려하면 타도 제국주의동맹이 아니라 37년 보천보 전투 정도가 화제였다면 난감했을 것 같다.

그외에도 몇 가지 오류가 있으나 생략한다. 전체적으로 보면 송영길은 86~88년 시점에 주체사상이 범람할 때 별다른 느낌이 없었던 것 같다. 이런 운동가들이 종종 있다. 사상이론보다는 행동과 조직에 강한 경향인데 송영길도 그런 류가 아닌가 싶다.

송영길은 주체사상에 대해서 말하지 않는 것이 나았을 것 같다. 그냥 주체사상이 범람했지만 "나는 잘 모르겠더라"가 정확한 워딩인 것 같다. 폼을 잡으려니 몸에 맞지 않는 주장을 하고 말았다.

2

그는 PD로, PD를 상징하는 조직 중 하나인 인천민주노동자연맹의 조직원으로 노동현장에서만 꼬박 7년을 일했다. NL에 비해 PD는 공부를 많이 하는 편이다. 특히 그가 활동했던 시기는 소련 공산주의가 멸망했던 시기와 일치한다. 막스·레닌주의자로서의 심원한 사색을 적어볼 만도 한데 그런 건 없다. 아마도 그가 돌

쇠형 운동가이기 때문일 것이다.

3

송영길이 주체사상에 대해 비판할 수 있는 것은 그가 주사파가 아니기 때문이다. 이건 그야말로 철의 법칙인 듯하다. 지금 주사파가 아니면 과거 주사파 시절의 이야기를 편하게 한다. 그런데 지금도 주사파이거나 주사파와 연루된 기억과 네트워크를 가지고 있으면 주사파 이야기를 아예 하지 않는다. 이 책의 목표는 후자를 탐구하는 데 있다.

송영길 편에서 확인할 수 있었던 것은 주사파가 아니기 때문에 5~6쪽에 달하는 지면을 활용해 주사파에 대한 비판을 실었다는 사실이다.

4

주사파는 두 가지 레벨이 있다. 하나는 주체사상을 신봉하고 조선노동당에 가입하여 반국가활동을 한 좁은 레벨의 주사파이다. 만약 주사파를 이렇게 정의하면 주사파 문제는 대체로 공안적인 문제로 좁아진다. 대중적인 차원에서는 언급할 가치가 별로 없다.

주사파는 자신의 사상을 전파하기 위해 사상과 노선을 중층화하여 유사 주사파를 광범위하게 양산했다. 다음과 같은 주장이 대표적이다.

만악의 근원은 친일잔재를 청산하지 않은 것이다.
외세 때문에 분단이 되었고 통일되지 않는 이유 또한 그러하다.
김구를 터무니없이 존경한다.
잘 사는 사람은 모두 나쁘다.
세상의 변화는 민중항쟁을 통해 가능하다.

위 주장이 주사파와 일치하는 것은 아니지만 주사파와 광범위한 교집합을 이루는 것은 사실이다. 주사파는 토속신앙과 저항적 민족주의, 민중의 비원과 교묘히 결합하여 제2전선, 유사 주사파를 구축하여 효과적으로 다양한 진지 속으로 파고들었다. 나는 80년대 후반 학교 서클실, 술집에서나 일삼던 주장들이 이렇게 효과적으로 거리와 대중 속으로 파고들 거라고는 생각하지 못했다.

상황이 이렇게 된 데는 첫째, NL-PD-비주사NL 논쟁에 주사NL이 상황을 석권한 점, 다시 말하면 PD나 비주사NL이 사실상 주사 NL에 투항한 점, 둘째, 운동권-참여연대 논쟁에서 참여연대를 비롯한 시민단체가 역시 운동권에 투항한 점, 셋째, 2010

년대 촛불 시위를 거치며 정치권 대부분이 운동권화한 점 등을 들 수 있다.

위에 대해서는 시간을 두고 찬찬히 다룬다. 위 송영길의 책만 보면 송영길이 왜 자신을 PD라고 부르는지 이해가 되지 않는다. 송영길의 관심사 대부분은 NL 중에서도 비교적 강경 NL과 유사하다.

책 제목만 봐도 그렇다.

107쪽 「민족정기를 바로 세운 친일반민족행위자진상규명법」
122쪽 「대북송금특검, 대연정을 반대하며」
195쪽 「맥아더 동상과 강정구」 등이다.

그리고 긴 통일 이야기가 나온다. 책 표지에서 송영길은 이렇게 주장한다. "한반도는 대륙과 해양을 통합시켜 천년 로마제국을 이루었던 이탈리아반도가 될 것인가, 분열과 대립의 발칸 반도 화약고가 될 것인가, 갈림길에 있다"고 주장한다.

한반도 지정학을 다루면서 그것을 이탈리아반도와 발칸 반도와 연관지어 설명하는 것은 처음 봤다. 물론 내가 과문하다면 알려 주어도 좋겠다. 80년대 중후반 남북한의 우열이 극명하게 드러나면서 이른바 남한의 주사파들은 필사적으로 통일의 근거를 찾기 시작한다. 에너지와 물류 어쩌고 하는 것이 다 그런 류이다. 그리고 정점에는 문재인 정권이 있었다.

송영길 본인은 장문을 들여 주체사상을 비판하지만, 그의 행적과 논리는 영락없는 NL이다. 이 무원칙한 타협의 역사에 한국 정치의 비극이 있다.

하태경

1

하태경이 2019년에 쓴 『민주주의는 국경이 없다』에서 학생운동 부분을 다룬다.

서울대 물리학과 86학번인 하태경은 입학하자마자 김세진·이재호 분신 사건에 직면한다. 이를 계기로 사회과학 공부에 빠져들고 87년 2학기부터는 전업적 학생운동가가 된다. 6월 민주화운동에 대한 기록이 없는데 2학년으로 단순 참가 정도였기 때문인 것으로 보인다.

막스·레닌주의, 통일문제 등에 관심을 갖던 중 4학년 때인 89

년 5월 안기부에 연행된다. 안기부 연행은 우발적이었던 사건인 것으로 보인다. 하태경은 5개월 정도 살고 89년 10월경 학생운동에 복귀한다.

하태경의 본격적인 활동은 90년 서울대 조통위와 91년 전대협 조통위이다. 서울대 조통위와 전대협 조통위는 그야말로 주사파 운동의 최정점에 있었던 조직이다. 하태경은 그와 관련한 매우 자세한 기록 등을 남기고 있는데 주목할만한 것은 한민전과 수령론이다.

90~91년 주로 서울대에서 수령론을 따르는 주사NL과 수령론에 부정적이었던 비주사NL로 구분된다. 하태경은 후자였던 것으로 보인다. 내가 볼 때 NL에서 주사NL과 비주사NL의 비중은 9:1(또는 8:2) 정도이다. NL은 거의 다 주사NL이고 비주사NL은 80년대 후반에서 90년대 중반까지 서울대 정도에서 나타났던 소수 정파이다.

87년 서울대는 주사파가 석권했다가 88년부터 비주사가 성장하여 88~93년 정도까지 주사+비주사 연합이 진행되다가 94년 이후에는 비주사 NL이 독자화된다. 94년 총학생회(회장 강병원, 현 민주당 국회의원)과 이후 진보학생연합(이탄희, 박주민) 등이 이 계열이다.

운동사적으로 보면 서울대 비주사NL은 매우 중요한 흐름이다. 서울대에서조차 주사+비주사 연합 또는 비주사라고 하더라도 NL이 득세한 것은 80~90년대의 학생운동이 매우 오랫동안 저항적 민족주의, 해전사의 틀을 벗어나지 못했음을 보여주는 것이다.

서울대에서 비주사 NL이 득세하면서 88년을 계기로 학생운동의 주도권이 비주사인 서울대를 제치고 비서울대가 득세한다. 88~89년 고대, 91~93년 한양대, 96~97년 전남대가 중심에 서는데 그렇게 된 이유는 서울대에 주사 총학생회장이 들어서지 않았기 때문이다. 서울대뿐 아니라 90년대 초중반 연고대에서도 비슷한 현상이 일어났다. 90년대 중반이 되면 전남대가 아니면 한총련 의장을 하기 어려울 정도로 학생운동은 지방화·농촌화되었다.

하태경의 증언 중에 주목할 만한 것은 전대협 조통위의 분위기이다.

"전대협 조통위 역시 주사파가 완전히 장악하고 있었다. 조국통일위원회 회의를 시작하기 전에 주사파 학생들은 북한의 대남방송을 녹취해서 거의 공개적으로 나눠주기도 했었다. 물론 그런 일은 비공개 조직이 몰래 처리해야 하는 일이었지만 어차피 다들 알고 지내는 사이로 '이거 몰래 뿌린 걸로 합시다'라면서 대놓고 그냥 뿌린 것이었다.

86년 주사파가 도입된 후 한민전 방송 문건은 거의 공개적으로 유포되었다. 그 정점에 있었던 시기가 89~97년 정도까지이다.

또 심지어는 회의할 때 '수령님 찬양 노래'를 부르기도 했다. 전대협 의장님을 수령님 모시듯 하는 풍조도 그런 분위기 속에서 자연스럽게 만들어졌다. 그때 나는 속으로 '이건 너무 심하다' 생각했지만 드러내놓고 반발할 수는 없었다. 그런 일상적인 일로 주사파와 비주사NL 사이의 전략적 연대를 깨뜨릴 수는 없었기 때문이다."

하태경은 이후 감옥을 살면서 생각이 바뀌고 북한 인권운동에 관여하게 된다.

2

위 하태경의 진술은 다른 사람, 안희정과 정청래와 최민희 및 김경수와는 확연히 다르다. 80년대 중후반에서 90년대까지 학생운동의 중심은 주체사상과 북한이었다. 하태경은 비주사로 활동했다가 그마저 감옥 등에서 생각이 바뀌면서 주체사상·북한 기록을 투명하게 남길 수 있었다면 다른 사람은 그렇게 할 수 없었기 때문에 불구에 가까운 회고록을 남기게 된 것이다.

몇 가지 부연설명을 하면 다음과 같다.

첫째, 주사파의 사상 레벨이 중층화되어 있었던 점이다. 이른바 NL-PD 중 PD는 핵심부 인사나 주변부 대중이나 같은 언어를 쓰고 같은 논리를 구사한다. 반면 NL은 주사파 핵심부와 주변부가 다른 주장을 한다. 특히 주사파는 대중의 거부감·경계심이 강하기 때문에 매우 오랜 기간 본심을 숨기고 주변부 내용을 가지고 선전·선동하는데 익숙해 있다.

주사파를 대중적으로 부르는 명칭은 자민통이다. 주사파는 오랜 기간 자신을 자민통이라 불러왔고 심지어 언론도 이를 받아쓴다. 주사파의 핵심 주장은 "세상의 주인은 인간이며 세상을 개척하는 힘도 인간에 있다"이지만 나는 이에 대해 토론한 적이 거의 없다. 반면 우리는 주야장천 반미·반일을 다뤘다. 주사파는 주체사상을 믿는 사람들이 점점 많아지면 주사파의 세상이 온다고 믿는 사상이 아니라 다양한 주변 요소를 활용하여 상황을 유리하게 가져가면 최종 순간 권력을 잡을 수 있다고 보는 사상에 가깝다.

따라서 자신을 포함한 거대한 네트워크의 중심부는 주사파라고 하더라고 적당한 어딘가에 속한 자신은 주사파가 아니라고 주장할 수 있다. 정청래나 김경수가 그런 것 같다. 상대적으로 운동의 외곽에 있었기 때문에 반미를 주장하면서도 그것이 주사파와는 어느 정도 무관한 것처럼 포장하고 있는 것이다. (그럼에도 정청래나 김경수가 주사파를 모를 리 없다. 그건 2023년 서울에 사는 사람이 스마트폰이 없다고 말하는 것만큼이나 우스운 주장이다)

2020년대 관점에서 보면 거대한 주사파 네트워크의 일원이었으면서 본인은 아니었다고 강변하고 있는 사람들이 너무 높은 자리에 대거 포진하고 있는 점이 문제이다.

둘째, 상대적으로 안희정이나 최민희는 위선이거나 혁명의 순도가 터무니없이 낮다. 주사파는 고위직에 있던 사람일수록 전향한 사람들이 많다. 김영환과 조혁과 구해우 등이 그러하다. 혁명이란 모든 것을 걸고 하는 정치 활동이다. 따라서 일상생활과 삶의 태도 또한 그에 맞게 변화하고, 결정적인 순간에 자신을 돌아보고 자기가 믿었던 사상을 검토하게 된다.

김영환·황인오 등이 밀입북해서 북한과 만났을 때를 씁쓸하게 회고하는 장면을 봐도 그렇다. 나도 어느 정도 그러했다. 어쨌든 그래도 일급 활동가들은 현실에 조응했을 때 사상을 그에 맞게 재구성하는 사람들이다.

내가 볼 때 안희정이나 최민희는 그게 아닌 듯하다. 안희정과 최민희의 글 속에는 무수한 혁명과 청년들의 열정에 대한 자부심으로 가득차 있다. 그런데 이 열정은, 주체사상과 북한 문제가 대두되고 그에 기초해 자기 사람의 태도를 바꿔야 하는 시점에서 멈춘다.

그들은 혁명을 하기보다는 혁명에 대해 말하기 좋아했던 무수한 386과 동일한 성향을 갖고 있다. 사상은 자신을 포장하는 액세서리일 뿐 나침반은 아니었던 것이다. 그래서 우리는 최근 사상과 삶이 구조 및 일상적으로 분리된 사이비 혁명가들을 무수히 보게 된다.

최민희

1

2020년 최민희를 다룬 책, 『쉼 없이 걸어 촛불을 만났다』에서 학생운동 관련 부분을 다룬다(관련 내용은 책의 15쪽~33쪽 정도에 있다).

먼저 최민희의 독서편력을 소개한다. 최민희가 읽었다는 많은 책들이 등장한다.

『전환시대의 논리』를 비롯하여 『아무도 미워하지 않는 자의 죽음』과 『장길산』, 『토지』, 『자본주의 경제의 구조와 발전』, 『자본주의 발전의 이론』, 『자본주의 발전 연구』, 『제국주의론』, 『강독을 위한 일문법』, 『모순론』, 『국가와 혁명』, 『러시아 혁명사』, 『대

지의 저주받은 자들』, 『인간의 조건』, 『변증법적 유물론』, 『사적 유물론』, 『자본론』 등이다.

대체로 80년대 초반 학생운동이 급진화되면서 막스·레닌주의를 기본으로 정립해 가던 과정과 정확히 일치한다. 나도 그 시대를 살았다. 그가 읽은 책은 내가 84~85년 학생운동을 하던 시절 서클에서 읽었던 커리와 거의 동일하다.

전체를 관통하는 키워드는 급진적인 민주주의·학생운동이 사회주의 또는 민족해방운동으로 발전하는 과정을 대변한다.

지금은 거의 아무도 기억하지 않는 책들이다. 『변증법적 유물론』, 『사적유물론』, 『제국주의론』 등, 지금은 나라 이름조차 남아 있지 않은 소련의 책들을 2020년대 중견 정치인이 시시콜콜 거론하는 이유는 무엇일까?

아마도 최민희는 그 시절 애써 공부했던 기억들을 소중하고 자랑스럽게 기억하고 있는 듯하다. 나중을 위해 이 멘탈을 기억하기 바란다. 그의 소중함과 자랑스러움은 어떤 지점에서 갑자기 사라진다. 이 글은 그 지점에 대한 이야기다.

2

최민희가 혁명을 말하고자 했다면 당연히 86년 이후의 상황에 대해 이야기해야 한다. KTX를 타고 부산에 가려고 하는데 서울에서 대구까지의 여정을 이야기한 후 이야기가 멈춘다. 86년 이후의 학생운동이 혁명 중에서 주체사상과 민족해방운동이기 때문이다.

86년 학생운동은 주체사상과 민족해방운동의 소용돌이에 휩싸인다. 87년 6월 민주화운동과 전대협은 주체사상과의 연관 속에서 벌어진 사건이다. 사실 80년대 중후반 학생운동을 다루면서 주체사상을 빼놓고 논하는 자체가 불가능하다. 최민희가 혁명이라는 키워드를 갖고 85년까지를 논했다면 당연히 다음으로 나갔어야 한다.

최민희는 86년에 대해 다음과 같이 회고한다. 86년 초 박영진 열사의 분신이 있고 이어 4월 28일 김세진, 이재호의 분신이 있었다. 그리고 그에 대해 "오히려 우리 젊은 기자들은 죽음으로 반미운동이 시작됐다는 사실 때문에 학생들의 죽음을 단지 슬픔으로만 받아들일 수 없었어요"라고 적고 있다.

감세진·이재호 분신 사건은 그야말로 주사파의 등장을 알리는 상징적인 사건이다. 사건의 순서와 경중을 따진다면 주체사상이 있고 반미가 있는 것이지, 반미가 있고 주체사상이 있는 것은 아니다. 최민희의 말처럼 "단지 슬픔으로만 받아들일 수 없었을 것"이다. 그럼에도 최민희는 장황할 정도로 혁명을 키워드로 했던 자신의 독서편력에 대해 말하면서 결정적인 순간에 주체사상은 사라진다.

주체사상이 부담스러우면 말하지 않아도 된다고 본다. 그렇다면 이야기는 학창시절, 대학시절, 그리고 사회로 나가 사회와 민중에 대해 고민했던 청년·학생의 잔잔한 회고담이 될 터였다. 반면 최민희는 잔뜩 혁명에 대해 폼을 잡아 놓고는 중요한 순간에 몸을 사린다. 내가 아는 혁명은 모든 금기를 넘어 진실을 담는 것이다. 마지막 순간에 그것도 정치인으로서의 자신의 처지를 고려하며 타협한다면 그건 이미 혁명과는 거리가 먼 태도이다.

3

그렇게 된 이유는 최민희를 포함한, 그 시절 운동권들이 집단 최면·은폐에 빠져 지적·사상적 발전이 지체되었기 때문이다. 대부분이 그 시점에 지적 성장이 멈춰 있다.

5·18 이후, 학생운동은 급격히 좌경화되었다. 최민희의 독서 목록은 이 과정을 잘 보여준다. 사회적으로 보면 최민희가 읽었다는 책들은 관심의 대상이 아니다. 사람들은 학생운동이 했던 한때의 치부 정도로 처리하고 묻어 두었다. 최민희도 그러했다면 우리는 80년대 초반 최민희가 소련 공산당 관련 서적을 읽었다는 사실 자체도 적당히 묻었을 것이다.

최민희의 독서편력은 당연히 86년 이후 주사파로 이어져야 하지만 최민희는 교묘히 그 부분을 누락시켰다. 그리고 그와 관련된 기억들은 사라지고 민주화운동에 앞장섰다는 기억만을 선택적으로 남겼다. 그리고 사람들 대부분은 관심도 없는 구닥다리 책들을 장황하게 소개하며 한때 그가 혁명주의·급진주의였음을 자랑스럽게 회고한다.

안희정와 김경수, 정청래, 최민희의 책을 읽으면서 실소하게 되는 까닭은 결정적인 사실을 숨기고도 정의와 진리, 헌신 같은 고상한 단어들이 구성될 수 있다는 데 있다.

나도 한때 혁명을 꿈꿨다. 내게 혁명이란 어떤 금기와 성역도 없는 최종적인 무엇이었다. 그러나 안희정과, 김경수, 정청래 및 최민희에게 혁명은 자신의 이해관계에 따라 적당히 선택할 수 있는 장신구 같은 것인 듯하다.

김부겸

1

김부겸의 『나는 민주당이다(2011, 미래인)』에서 학생운동 관련 부분을 다룬다.

이선실 간첩 사건에 남한의 고위급 정치인들이 다수 연루되었다. 그중 한 사람이 김부겸이다. 이선실과 김부겸 사이의 관계는 1988년경 김부겸이 이선실을 1~2차례 만났고 이선실이 김부겸의 집으로 찾아와 500만원을 두고 갔고 김부겸은 이를 예금해 두었다가 문제가 된 사건이다. 김부겸은 재판을 거쳐 불고지죄만 적용되어 징역 1년에 집행유예 2년을 선고받았다는 내용이다.

이선실-김부겸 사이의 관계는 김부겸의 진술이 맞을 것이다. 문제는 그다음이다. 김부겸은 이선실과 중부지역당에 대해 황당한 기록을 남긴다.

"나라를 떠들썩하게 한 간첩단 사건이었지만 결과는 태산명동에 서일필이었다. 나와 김 총재의 비서 한 사람이 구속됐지만, 그 역시 곧 풀려났다. 이선실이 과연 거물 간첩이 맞나 하는 의구심이 들 정도로 이선실에 대한 내용도 허술했고 조사 결과도 별것이 없었다. 그렇지만 1992년 겨울의 긴박한 대선 정국을 달구기에는 충분한 사건이었다. 정권은 그렇게 정체도 모호한 할머니 한 사람의 '마실 나들이'를 남한 적화를 위한 간첩의 정치권 포섭 공작으로 덧칠했고 대선이 끝나자마자 흐지부지 날려버렸다."

먼저 지적할 것은 이 책을 쓴 시점이 2011년이라는 점이다. 90년대 초반 이선실, 중부지역당 사건이 벌어졌을 때 많은 사람들이 반신반의했다. 이선실이라는 신비한 할머니 간첩, 황인오의 월북과 지하당, 대규모 공작금 같은 것들이 그러했다. 무수한 소문이 난무했고 진보진영 쪽 사람들은 대체로 안기부의 조작 쪽으로 몰아갔다.

1990년대 초반이라면 그럴 수 있겠다 싶다. 세월이 흐르고 흘러 이선실-중부지역당뿐 아니라 여러 갈래의 자생 지하당이 적발되고 무엇보다 황인오가 수기를 통해 자신의 행적을 밝히면서 중부지역당 사건의 실체는 대중적인 차원에서도 거의 확인되었다.

그런데 민주당 출신의 고위급 정치인들이 2011년 시점에 천연덕스럽게 북한 최고위급 간첩 이선실의 행적을 '마실 나들이'쯤으로 폄하하고 있는 것이다.

김부겸은 거짓말을 하고 있는 것일까? 거짓말을 하고 있다면 매우 심각한 일이지만 상황은 더욱 엄중해 보인다. 지금부터 내가 하는 말이 이해가 되지 않을 수 있다. 내가 보기엔 이선실-중부지역당과 관련된 다양한 정보를 들었음에도 김부겸은 자신이 들은 정보를 체계적으로 구성하면서도 이선실을 간첩이라고 확정하지 못하는 상태, 즉, 심각한 인식 지체의 상태로 보인다.

2

하버드 대학의 유명한 심리 실험이 있다. 실험의 제목은 '고릴라 실험'이다.

어이가 없겠지만 그것이 인간이다. 공 던지는 횟수를 세는 데 집중하면 인간은 한가운데 커다란 고릴라가 지나가도 그것을 보지 못한다. 그것은 잘못된 것이 아니라 애초부터 인간과 뇌는 그러한 듯하다.

출처_유튜브 고릴라 실험

우리도 실험을 해보면 좋을 것 같다. 내기를 해도 좋겠다. 운동권 출신 90년대 중반 학번 10명 정도에게 다음과 같은 질문을 한다고 하자.

87년 KAL 858 사건을 어떻게 생각하는가?

1) 북한의 소행이다.
2) 안기부의 조작이다.

여기서부터는 내 생각이다. "북한의 소행이다"라고 대답한 사람은 3명을 넘지 않을 것이다. "안기부의 조작이다"라고 답한 사람은 1)보다는 많은 4명쯤 되지 않을까 싶다. 90년대 중반 학번이 아니라 운동권에 관여한 70년대 학번 이후로 확대해도 대체로 그러하다.

질문을 바꿔 보자. "KAL 858에 대해 이야기하는 것은 우파의 정치공세이다"라고 묻는다면 아마도 10명 전체 또는 1명을 뺀 9명 정도가 옳다고 할 것이다.

그들 모두는 강당 한가운데를 버젓이 지나가는 고릴라(이선실)는 없는 것으로 보고 공을 던지는 횟수(KAL 858 사건의 정치적 손익)만을 다루고 있는 것이다.

김부겸은 안희정과 김경수에 비해 상대적으로 순진한 것 같다. 안희정, 김경수 등이라면 이선실 사건에 연루된 자신을 변호하되 이선실 사건 자체에 대해서는 모호하게 처리했을 것이다. 그는 간단히 반박할 수 있는 위험한 기록을 남겼다.

사람들은 주사파를 우습게 보는 경향이 있지만, 주사파와, 운동권의 다른 정파인 PD를 현장에서 만나면 양자는 너무나 다르다. 주사파 학생들은 사람들과 만날 때 겸손하게 듣는 편이다. 반면 PD 학생은 사람들을 설득하려고 노력한다. 결과는 미루어 짐작할 수 있을 것이다. '승패는 옳고 그름에 따라 갈리는 것이 아니라 사람의 마음을 다루는 역량에서 결정된다'는 것이 주사파의 핵심 교리이다.

김부겸 및 이낙연과 같은 점잖은 정치인들 대신 이재명과 같은 마키아벨리가 주도권을 잡은 이유도 그러할 것이다.

우상호

1

우상호의 자전 에세이 『촌놈』 중 학생운동 부분을 다룬다. 우상호는 연대 국문과 81학번으로 군대에 갔다가 85년 2학기에 복학하여 87년 연대 총학생회장으로 6월 민주화운동을 주도했던 인물 중 하나이다. 그의 학생운동 경력에서 특이한 것은 대중운동 경력이다.

그의 선본 캐치프레이즈는 '다가오는 총학생회, 모여드는 총학생회'고 한다. 당시 분위기에는 당연히 반독재 투쟁의 선봉, 양키는 집에 가라 뭐 이런 것이어야 하는데 우상호는 부드러운 구호로 학생들의 마음을 장악했다.

장안의 화제였던 것은 안치환의 노래였다. 안치환은 선거 유세장에서 '솔아 솔아 푸르른 솔아'를 부르며 좌중을 압도했다. 직접 보지는 못했지만 나도 그 이야기를 들었다. 유세장에서 청아한 노래라니~, 서울대는 경직되어 있었고 연대는 앞서가고 있었다.

그 외에도 오연호가 기획했다고 알려진 고등학생들에게 편지 보내기, 종로2가에서 진행된 5·23 데모, 6·9 이한열 사망 등 무수한 신화가 연대에서 만들어졌고 그 중심에 우상호가 있었다. 그 이외에도 우상호, 안내상, 우현, 박내군 등이 있다.

2

또 하나의 기억은 역시 우상호의 사상편력이다. 우상호 또한 "조세희, 황석영의 소설 같은 문학이나 한완상 교수의 『민중과 지식인』 같은 책으로 시작해서 『해방전후사의 인식』과 같은 역사서, 『서양경제사론』 같은 경제서 쪽으로 이어졌다"고 회고한다.

학생회장을 지냈던 연대 81학번이 이 정도에서 독서를 끝냈다고 하면 소가 웃을 일이다. 촌놈이라는 제목과 자전 에세이로 책의 위상을 정했으니 일단 그러려니 하자.

총학생회장이 되는 과정을 우상호는 이렇게 소개한다.

하루는 지하 지도부를 구성하고 있던 한 친구가 내게 와서 새로운 제안을 했다.

"형 학생회장 선거에 나가지 않을래요?"

"뭔 장?"

"학생회장, 연대학생회장"

"너 농담하냐?"

이 대화의 핵심 키워드는 밑줄 친 부분이다. 당시 주요 대학은 오픈이 있고 언더가 있었다. 언더를 우상호는 독자들의 정서를 고려하여 지하 지도부라 표현하고 있다. 당시는 언더가 총학생회장을 지목하는 형태였다. 서울대 구학련이 86년 총학생회장을 지명했고(내가 알기로 87년 서울대 총학은 아니었다), 고대 반미청년회가 87년 고대 총학생회 나아가 전대협을 만들었다. 연대도 예외가 아니다.

서울대·연고대가 역량이 비슷하다. 서울대, 고대 언더가 잘 알려진 반면, 연대는 잘 알려지지 않았는데 일단 연대 언더가 비교적 늦게 검거되어 잘 알려지지 않았다. 연대 언더는 반미구국학생동맹, 조통그룹으로 알려져 있고 이동호 씨가 이 멤버였다.

나는 연대 언더 멤버들을 잘 안다. 여기저기서 들은 바를 종합하면 이 팀 멤버들은 지금도 자신들의 정체가 드러나는 것에 상당한 거부감을 갖고 있는 듯하다. 나는 그들과 꽤 친했다. 그리고 내가 볼 때는 그들과 나는 꽤 우호적인 관계를 갖고 있었다. 그럼에도 나는 그들이 갖고 있는 비밀주의(?)에 대해 심각한 우려를 갖고 있다.

대단한 지하운동을 진행하려 하고 그에 따라 또다시 검거와 연행의 우려가 있다면 인간적인 정리 상 고민해 볼 수 있겠다. 내가 볼 때 무언가를 하더라도 합법적이고 공개적인 선에서 얼마든지 진행할 수 있는 그런 수준의 일이다. 따라서 자신들의 과거를 감출 이유가 어디에도 없다.

문제는 자신들이 합법적이고 공개적인 일을 하면서 거기에 정도 이상의 의미를 부여하고 나아가 그것을 혁명·독립군처럼 확대하여 자신과 자신들의 네트워크를 노출해서는 안된다고 착각하고 있는 것이다.

87년이면 지금으로부터 무려 40년 전의 일이다. 40년 전의 일을 감춘다는 것이 무슨 의미가 있는가? 오히려 자신들의 과거를 투명하게 드러내고 그것을 공론의 장으로 부친 후 그로부터 시장의 냉정한 평가를 받아 보는 것이 옳다.

운동권에서 진행되는 거의 대부분의 논의가 그러하다. 대표적인 사람이 이래경이다. 2023년 6월 5일 민주당 혁신위원장에 임명된 후 그가 SNS 등에 쓴 글이 문제가 되어 사퇴를 했다. 이래경 씨가 서울대 공과대학을 나오고 다양한 사회 이력을 갖춘 것을 고려하면 그의 글은 수준 이하의 잡문이다. 따라서 그의 글이 주목을 받고 노출을 받는 정도로도 여론을 감당하지 못하고 사퇴할 수밖에 없었다.

이래경 씨 같은 사람이 수두룩하다. 특히 운동권 경력을 갖는 고학력자들 중에는 운동권 시절 갖고 있는 음모론을 지금도 그대로 갖고 있다. 이는 운동권 출신의 고학력 지식인들이 오랜 기간 자신들만의 세계에서 자기들만의 언어로 살았기 때문이다.

나무위키에 보면 누군가 민경우에 대한 인물평을 실어 놓았다. 뼈아픈 기록이지만 나에 대한 평가에는 동의한다.

"민경우의 『진보의 재구성』에 대해서(NL을 제외한) 진보진영 전반의 평가는 '남들은 20년 전에 깨달은 것을 이제야 알았느냐'는 조롱이 절반, '문제 제기는 맞는데 결론이 결국은 재벌 찬양이냐'는 비판이 절반 정도였다. 실제 민경우가 지적한 것들은 이미 90년대에 (NL을 제외한) 운동권 내부에서 다 나온 비판들로 2009년 기준으로 보면 너무 식상해서 한물간 내용들이다. 심지어 NL 내부에서도 1990년대 내내 관악자주파, 새벽 그룹 등 여러 분파가 똑

같은 문제를 제기하면서 계속 NL 운동에서 이탈해나갔다. 남들이 20년 전에 문제 제기할 때는 "미제에 투항한 배신자" 운운하던 사람이 이제 와서 갑자기 깨달음을 얻은 척하니 당연히 조롱거리가 될 수밖에 …."

정봉주

1

정봉주의 책, 『달려라 정봉주(2011, 왕의서재)』에서 학생운동 부분을 다룬다.

1960년생으로 외대 영어과를 졸업했고 집시법 위반으로 구속되어 1년 6개월의 실형을 받았다고 한다. 그 때문에 병역을 면제받았다고 한다. 그외 민통련·말지 등에 관여한 경력도 눈에 띈다. 이 정도면 학생운동 경력으로는 상당한 수준이다.

그런데 책에는 학생운동 경력이 거의 없다. 74쪽에 있는 사진이 거의 전부다. 주변에서 정봉부의 경력을 검증하려 했으나 아는 사람이 별로 없었다. 그래서 위 경력이 진짜인지 확인하기 어렵다. 어쨌든 이건 과제로 남겨두기로 한다.

반면 학생운동에 대한 부정적인 기억을 꽤 많이 기록하고 있다(129쪽~134쪽). 결론을 요약하면 이인영, 우상호 등의 정통 운동권에 비해 자기는 사이드이기 때문에 푸대접을 받았다는 내용이다.

2

정봉주의 기록은 학생운동 역사에서 매우 중요한 점을 시사한다. 책에는 5·18, 6월 민주화운동 등에 대한 내용이 없다. 그가 각별히 기억하는 것은 2011년 나꼼수, 서울시장 선거, 노무현 등이다. 반면 안희정, 우상호, 이인영이었다면 중심에 5·18과 6월 민주화운동이 있을 것이다. 정봉주는 이인영과 다른 운동권 세대임을 상징한다.

요약하면 5·18과 6월 민주화운동을 뿌리로 한 운동권 세대와 2002~04년 노무현 당선과 탄핵, 2010년대 이후와 연관된 또다른 세대로 나눌 수 있다. 전자에 해당하는 사람들은 안희정, 김경수 등으로 우리가 일반적으로 운동권 출신 정치인으로 불렀던 사람들이다. 반면 후자에 속하는 사람들은 정봉주, 박주민, 김남국, 김용민 등이다. 후자의 경우는 운동권 경력보다는 운동권 문화와 영향이 대중적으로 확산되어 있는 조건에서 운동권 감수성을 가진 채로 주로 2010년대 현상, 나꼼수, 촛불 등을 통해 새롭게 운동권 정체성을 가진 사람들이다.

3

양자의 차이는 노선과 정책 특히 성향에서 뚜렷히 드러난다. 전자는 남북관계, 사회경제적 개혁, 민주주의를 중시하되 상대적으로 점잖은 사람들이다. 후자는 노선과 정책에서 비슷하면서도 민주주의에서 다르고 상대적으로 톡톡 튀는, 또는 예의가 없는 사람들이다.

이런 차이는 김대중-노무현의 차이에서 시작되었다. 김대중은 사상과 정책을 강조하고 리더십의 중요성을 강조한 반면 노무현은 밑으로부의 시민의 힘을 강조한 사람이다. 노무현은 권위·질서를 해체하는 방향에서 무언가를 했다. 이 과정에서 노무현에 대한 특별한 애정을 갖고 노무현의 성향을 왼쪽 방향에서 밀어붙인 사람들이 바로 후자의 사람들이다.

노무현 시대에는 이런 성향이 사회적이고 정치적인 구조 때문에 상대적으로 억지되어 있었다. 이를 무너뜨린 것은 노무현 대통령의 사망, 인구구조, 미디어의 영향 그리고 민주주의에 대한 극단적인 해석과 연관이 있다.

노무현 대통령의 사망은 권력지형과 사상문화적인 분위기를 극적으로 변화시켰다. 인구구조는 민주화세례를 받은 베이비붐 세대가 노무현 대통령 사망을 배경으로 자신들의 에너지를 극적으로 분출시키면서 상황을 주도했다. 미디어는 나꼼수, 유투브 등을 들 수 있다.

특별히 민주주의에 대해 말해보면, 민주주의는 두 가지 측면이 결합되어 있다. 엘리트와 국민, 간접과 직접, 제도와 대중의 정치참여 등, 이 중 정봉주와 같은 세대는 엘리트, 간접 민주주의 대신 대중·민중의 직접 민주주의를 강조하는 흐름인데 민주주의라기보다는 포퓰리즘의 일종이다.

위의 여러 요소들이 결합되면서 2017년 문재인 정부가 들어섰고 2022년 대선 후보로 이재명이 대선 후보가 되는 상황으로 발전한 것이다.

4

운동권은 여러 갈래로 나눌 수 있다. 우리가 보통 운동권 출신 정치인이라고 하는 사람들은 대부분 5·18과 6월 민주화운동이 뿌리이다. 반면 2010년대를 전후하여 새로운 유형의 운동권들이 등장한다. 여기에 속하는 사람이 이재명, 정봉주, 박주민, 김남국, 김용민 등이다. 그리고 전통 운동권에 2010년대 새로운 정세를 결합한 사람이 이해찬 등일 것이다.

정봉주는 우리가 운동권 출신 정치인이라 불렀던 사람들과 다른 종류의 사람이다. 운동권 분석이 정교해져야 하는 이유이다.

저자 소개

민경우

1965년 서울 출생으로 1984년 서울대 국사학과에 입학했고 1987년 서울대 인문대 학생회장을 지냈다. 95~2005년 90년대 주사파를 상징하는 범민련 남측본부 사무처장을 지냈고 이 과정에서 3번 구속되고 총 4년여의 수감생활을 했다.

2005년 무렵부터 생각이 바뀌기 시작하여 2009년 주사파를 비판하는 『진보의 재구성』을 썼다. 이에 대한 반응이 없자 2012년 사회운동을 접고 수학 강사로 일했다. 수학학원 민경우수학교육연구소를 운영한다.

2019년 조국 사태를 계기로 사회운동에 복귀했고 중도보수성향의 시민단체 '길'의 대표로 있다. 현재는 수학 강사와 시민단체 대표의 역할을 병행하고 있다.

저서로는 『진보의 재구성』, 『86세대 민주주의』, 『수학 공부의 재구성』 등이 있다.